JN288937

伴先生

吉屋信子

読者のみなさまに

伴先生《ばんせんせい》――この作《さく》はわたくしの少女小説《しょうじょしょうせつ》を書いていた中期の作品であり、少女を愛し、また少女を愛する女学校《じょがっこう》の若い先生に、じぶんの理想《りそう》を托《たく》して描きつづけたもので、このなかの女学校の老《お》いし盲《めし》いの女校長《じょこうちょう》などは、わたくしの理想のなかに生きる人物を登場させたもので、いま読みかえすとなつかしい、この作品がいまの少女たちにもなんらかの意味で受け入れられたならば、それは作者の生《しょう》涯《がい》にときどき受ける幸福《こうふく》の一つである。

吉屋信子

目次

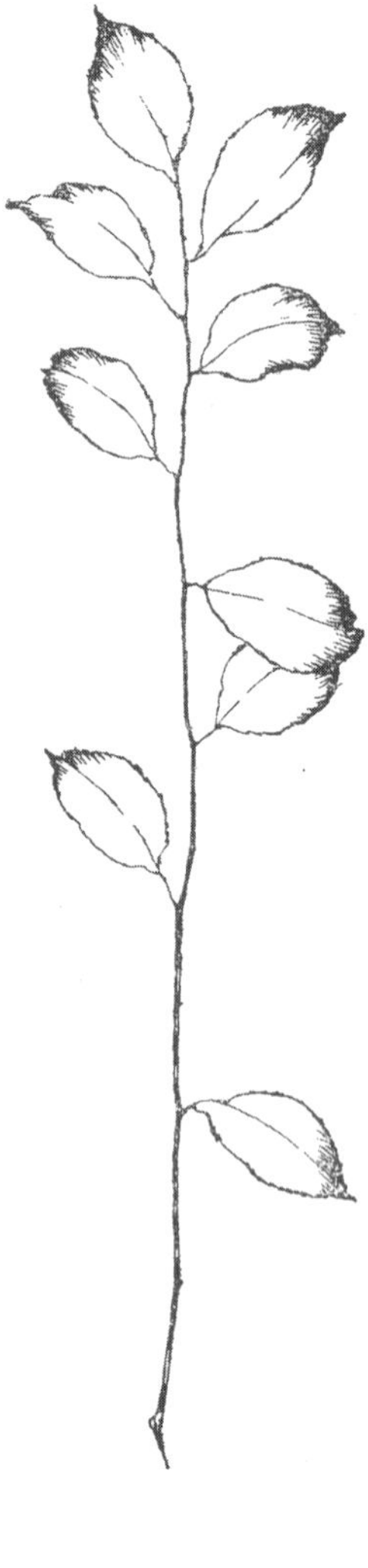

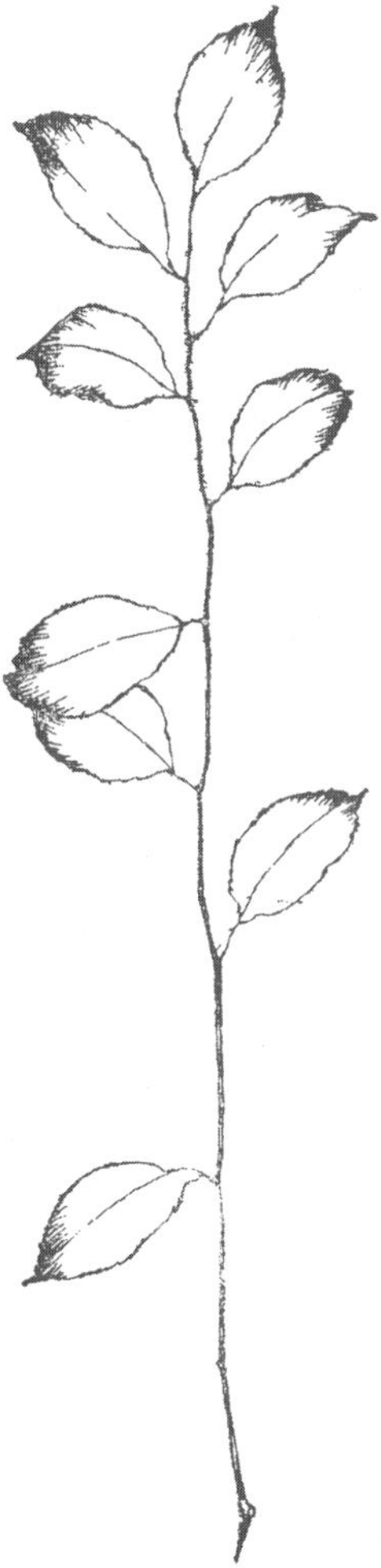

装幀　中原淳一
監修　嶽本野ばら

伴先生——吉屋信子乙女小説コレクション　3

紅《べに》椿《つばき》

三千代《みちよ》は、四谷南伊賀町《よつやみなみいがちょう》の伯父《おじ》の家《うち》の門を出ると、そこから大通りの電車路《でんしゃみち》へ行く手前の小さい花屋の店へ入った。

その店は、おもにお挿花《はな》のお稽古花《けいこばな》を納《おさ》める店らしく、葉牡丹《はぼたん》や南天《なんてん》や寒菊《かんぎく》など、まだお正月から引き続いての冬の季節のものが、うすら寒く桶《おけ》に束《たば》ねて有った。でも、その中に、仄白《ほのじろ》く薄い紙を小さく切りきざんで枝につけた様な、花の枝が見えた。

「ひがん桜《ざくら》*もございます」

花屋の主人が、その枝をさした。

「さ、く、ら」

三千代は、思わず口のなかで、ゆっくりつぶやいた。もう、ひがん桜は、とっくに咲いていい気候だった——三月過ぎの日だから。

三千代は店の主人のすすめる、ひがん桜は欲しくなかった。なぜなら、ほんとの春のさくらが、もう四五日したら咲き出すのだし――それに、それも西洋の草花《くさばな》でなくて、なにか日本風の花がほしい――れんげだの、たんぽぽだの――だが、それは我《わ》が儘《まま》な望《のぞ》みらしかった。

花屋の主人は、三千代が銘仙《めいせん》づくめのいでたちで、少し大きな女学生風《じょがくせい》な姿を見て取って、

「カーネエションはいかがです」

と、隅《すみ》の棚の壺《つぼ》を指さした。カーネエションという言葉が、あぶなっかしく、カレイネエションと聞えた。

なるほど、そこにピンク色のカーネエションが一束《ひとたば》あった、が――その花は、もうだいぶ日数《ひかず》が経《た》って、主人の発音通りカレ（枯）ネエションに近かった。ピンクの葩《はなびら》は縮《ちぢ》くれていた。

「紅梅《こうばい》＊はなくって？」

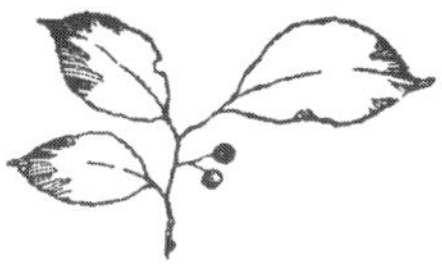

三千代は心細《こころぼそ》げに問うた。

紅梅――三千代の母は、その花を一番好きだった。三千代はそれを覚えているのだ。

「さあ、もう時節《じせつ》が過ぎましたから、ついこの間《あいだ》までは有りましたが」

花屋の主人は、このなかなか買う花をきめてくれない客に、まるで舌打《したう》ちするような調子で言い、

「椿《つばき》なら、いいのがありますがね」

と、奥の方の小桶《こおけ》をさした。

青いつやつやと厚味のある葉の中に、真赤《まっか》な花と蕾《つぼみ》をたくさん附《つ》けている小枝が束《たば》ねてあるのを、三千代は見つけると、それにきめた。

そして、主人が大きな枝のまま取り出すと、

「も少し小さく揃《そろ》えて切って下さらない」

と頼《たの》んだ。

花鋏《はなばさみ》をチョンチョンと鳴らして、主人が小枝を短く切り揃えて束ねてくれた。

紙で根元を包んだのを三千代は受け取って、代を払い、その店を出て足を急がせた。

そして、往来《おうらい》へ出て、空《あ》いたタクシーの通るのを待った。

そこへ一台、青く塗《ぬ》った綺麗《きれい》な車が来たので止めて、

「甲州街道《こうしゅうかいどう》の、本願寺《ほんがんじ》の墓地《ぼち》まで、いくら？」

と、たずねた。

「――まあ、一円ですネ」

いやなら、御免蒙《ごめんこうむ》ると言わぬばかりだった。

三千代は黙《だま》って、すいと車に入った。その中は外の見かけに似ず汚なかった。座席《シート》の覆《おお》いの布は、もとは白かったかも知れないが、今は鼠色《ねずみいろ》で、シミが附《つ》き、足許《あしもと》には煙草《たばこ》の吸《す》い殻《がら》が踏《ふ》み潰《つぶ》されて散っていた。

三千代は、紅椿《べにつばき》の花を膝《ひざ》に、その車の隅に身を片よせるようにした。

車は、四谷《よつや》の往来から、新宿《しんじゅく》の混雑した通りを抜けて甲州街道へ走り抜ける。

三千代は、今月の早春の薄曇《うすぐも》りの日の午後――その街道のほとりの本願寺の墓地へ、紅

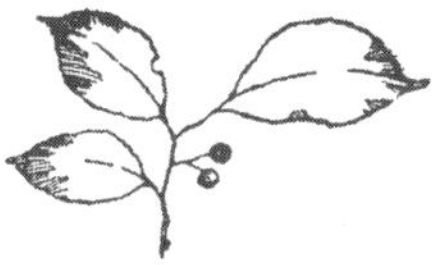

梅の花の好きだった亡《な》き母の墓へ詣《まい》るのだった。
紅梅は生憎《あいにく》もうなかったゆえ、紅椿《べにつばき》を持って。

生《お》い立《た》ち

車を止めた、その角《かど》には、墓地のお茶屋《ちゃや》がある。

三千代は、そこに入って、新しい水を入れた閼伽桶《あかおけ》*の一つを借りた。

時折《ときおり》詣るので顔馴染《かおなじみ》になった、その茶屋のおかみさんが、

「よい陽気になりまして……」とお愛想《あいそう》を言った。

三千代は紅椿を閼伽桶にさして、片手にさげ一人で奥の広い墓地の道を辿《たど》る。

空は燻銀《いぶしぎん》の春の薄雲《うすぐも》り、誰も詣る人影もない墓地の中はしいんと静もり返っていた。

墓地には幾《いく》つもの小径《こみち》が掃《は》き浄《きよ》められてある。真直《まっすぐ》大きな道を行くと、その正面に九條《くじょう》武子《たけこ》*夫人のお墓がある——夫人の終焉《しゅうえん》の邸宅《ていたく》のお庭にあった樹が植えられた傍《そば》に、青味《あおみ》を

帯《お》びた庭石めいたのが、一つ据《す》えられ、それがお墓の石に代っている、周囲《しゅうい》には玉垣《たまがき》が結《ゆ》うてある。

三千代は、その手前の小径《こみち》を右手に曲《まが》ってゆく、そこの小径の両側に、小さい墓石《ぼせき》が大《だい》小雑居《しょうざつきょ》して、たくさん並んでいる。どれも古びているのは、築地《つきじ》の本願寺《ほんがんじ》から震災後《しんさいご》そっくり全部此処《ここ》へ移転したからだった。三千代の母の墓は、その後《のち》ここへ初めから建てられたのだった。

三千代のゆく小径の片側に、樋口一葉《ひぐちいちよう》のお墓がある――一葉女史とは、樋口夏子《ひぐちなつこ》という明治時代の女流作家《じょりゅうさっか》――一葉はそのペンネーム。その傑作の（たけくらべ）を三千代は読んで、東京の下町育《したまちそだ》ちの三千代には、あの下谷《したや》の龍泉寺町《りゅうせんじまち》のあたりの古い時代の街の子だち*の生活の描写がなつかしく、その作家の俤《おもかげ》を忍《しの》んで、偶然、母の墓の近くに、そのひとのお墓の石のあるのを発見して、通りすがりには、必ずお辞儀《じぎ》をしてゆくくらいだった。

その、お墓には、樋口家代々の墓とのみ記《しる》されて、昔の女の小説家は、その小さい墓石の下に、家中《かちゅう》の人と一緒に眠っていられるのだった。

その墓石の小さくつつましいこと——とても広い周囲に玉垣《たまがき》きよらに、めぐらした九条《くじよう》夫人《ふじん》のお墓とくらべものにならない。まだしも三千代の母のお墓の方が大きかった。

その三千代の母のお墓は、——そこを過ぎた横にある。灰色に古色《こしよく》のついた石の表《おもて》に漢字の幾《いく》つもならぶ戒名《かいみよう》が彫《ほ》られてある。三千代は、この圓明院浄鏡大姉《えんめいいんじようきようだいし》だのと、いう、いかめしい名が嫌いだった。そんな名にされた母が情《なさけ》なく可哀想《かわいそう》だった。

母には、伴《ばん》かよというほんとの名があった筈《はず》だ。

もし、今三千代が新たに母の墓を建てるなら、小さき墓石の表に、伴かよの墓とだけ彫り、その裏には（日本橋《にほんばし》に生れ、築地河岸《つきじがし》の小さき家にて、長唄《ながうた》*の師匠《ししよう》をしつつ、娘三千代を育て、さびしく世を去る）と、その母の儚《はかな》く短い履歴《りれき》を彫りつけたかった。——やがて、その文字も雨風《あめかぜ》に薄《うす》れてゆこう、そして落葉《おちば》が、黒髪《くろかみ》をすべる黄楊《つげ》の小櫛《おぐし》*の如く、石にはらはらと散って……そして時雨《しぐれ》に濡《ぬ》れて、薄雪《うすゆき》がつもって……

だが、いま、そのひは、春のうすぐもり——落葉も散《ち》らず、時雨も降らず、かすかな風さえなくて、ただしずもる墓地のまひる——三千代は、その圓明院浄鏡大姉の墓の前の粗《そ》末《まっ》な竹筒《たけづつ》に、閼伽桶《あかおけ》の水をそそぎ紅椿《べにつばき》の花を二つに分《わ》けてさした。

三千代は、手を合せて拝《おが》み、そして、生ける人にもの言うように、石に語った。

「お母さん私こんど女学校《じょがっこう》の先生になります。ねえ、偉《えら》いでしょう」

「まあ、みいちゃんが先生に——おかしいねえ!……」

石が答えたのではない、黄《き》八丈《はちじょう》に黒襟《くろえり》かけて、博多《はかた》独鈷《どっこ》の帯《おび》締めて、*三味線《しゃみせん》を膝《ひざ》の——

あの築地《つきじ》の家にありし日の、母の俤《おもかげ》が今三千代の眼に浮かんで答えると思えた。

みいちゃん——母は幼い日からずうっと、わが一人娘を、この愛称《あいしょう》で呼んでいた。

もう二三日すれば、女学校の先生になる資格《しかく》を与える専門学校《せんもんがっこう》を終えようという、まだ女の一生から言えば、若い娘の年齢《とし》の三千代の、その今の年齢頃だった母は、その時すでに赤ン坊の三千代を抱《いだ》いて、築地の格子戸《こうしど》のしもたやで、*若い長唄《ながうた》のお師匠《ししょう》さんとして、女一人手《ひとりて》の生活をしていたのだった。

母の実家は、かつて日本橋で『大紋《だいもん》』という大きな呉服店《ごふくてん》だったと、伯父《おじ》の口から三千代は、よく聞かされていた。

父は？　三千代は知らない。

「お父さんは、もうせん亡*《な》くなって――」

母は、たった一言、三千代に教えただけだった。

ものごころついてから、三千代は父についての、何事《なにごと》も、いかな断片的《だんぺんてき》な事柄《ことがら》も、母の口から聞かされなかった。

「亡くなったお父さんの写真ないの？」

母に或る時問《と》うたら、母はさりげなく、

「写真はお嫌いだったのでね……」

と答えたきり、さびしげに美しい眼を伏《ふ》せた。それきり、三千代も又何ひとつ、父について母に問いただそうとしなかった。少女の敏感《びんかん》な神経《しんけい》が、そうさせたのだった。

三千代は父のないせいか、伯父の子として、戸籍《こせき》にのっていた。

そして、三千代が下町の小学校から、府立の女学校に、その卒業を前にして五学年の春母は逝《い》った。僅《わず》か七日の病《わずら》いで――七日《なのか》病んだだけとて、その亡骸《なきがら》の顔もやつれず美しかった。

築地《つきじ》河岸《がし》の小さな家の、狭い二坪《つぼ》あまりの庭に紫陽花《あじさい》が、小雨《こさめ》を浴《あ》びて濃紫《こむらさき》の手毬《てまり》のような花を咲かせた頃だった。亡きひとの好きだった紅梅《こうばい》も、ひともと*植えてあったが、その夏のひでりに、枯《か》れた。——母のお伴《とも》をして、この世の外《ほか》の浄土《じょうど》に移っていった——三千代は今も——なお、かつ信じている。

その哀《かな》しい思い出の築地の家を払《はら》って、その頃から、株屋《かぶや》*の店の番頭《ばんとう》をしていた伯父の家に引き取られ、そこから一年通学——卒業後、三千代は自分で考えて、更に上の学校にあがって、寄宿舎《きしゆくしゃ》に起臥《おきふし》した。その学資《がくし》は、伯父のふところから仰《あお》いだものではない、母が心《こころ》がけて、わが子のゆくすえの為に蓄《たくわ》えてあった、銀行預金帳《ぎんこうよきんちょう》は、三千代に残された母のかたみだったから——。

そして、今年の三月卒業——三千代は東北《とうほく》のさる街の、高等女学校の先生に赴任《ふにん》するという、その数日前の日——かくて母の墓に、その娘は、報告をかねて詣《もう》でたのである。

東京を去りゆかば、これから夏休暇《なつやすみ》までは暫《しばら》く詣でられぬ母のおくつき*と思えば、名残《なごり》も惜《お》しまれて、三千代はすぐには立ち去りかねる、そこだった……。

さらば東京

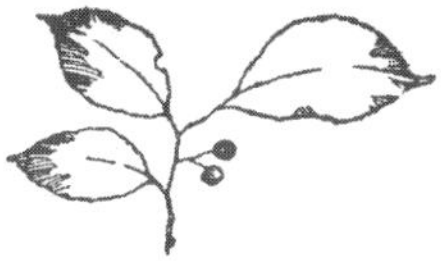

「昔は日本橋『大紋』の娘で、長唄の師匠をしていたかよの娘が、女学校の先生になるのも、御時勢《ごじせい》さ」

伯父は、晩酌《ばんしゃく》をかたむけて、その夜《よ》こう言う。株屋の番頭《ばんとう》をして、時々株に自分も手を出すが、まだ損ばかりして儲《もう》けたという事もない、その伯父は、もうそろそろ白髪《しらが》が、鬢《びん》に見え初《はじ》める。伯母《おば》も前にはいたが、伯父と何か争《あらそ》って、家を出て行ったきり二度と帰らなかった。

姪《めい》の三千代は寄宿舎——その後見人保証人《こうけんにんほしょうにん》、そして戸籍上《こせきじょう》の父になっているその伯父は、四谷《よつや》の奥の古びた借家《しゃくや》に一人暮し——おかずも御飯もいらぬ、ただお台所にお酒さえあれば、それで暮《くら》せるひとだった。

学校の卒業式が終ってから、赴任《ふにん》の支度《したく》まで、三千代はこの伯父の家に来ていた。

そして、明日《あす》は、その三千代もこの家を去って遠く行《ゆ》く、その前夜《ぜんや》だった。

「三千代、お前もこれでいよいよ独立独歩《どくりつどつぽ》だ、女ながらも偉《えら》いな、これでわしの責任もまずすんだところで、お前の財産を引き渡そう」

ほろ酔いかげんの伯父は、足許《あしもと》もおぼつかなく――壁際《かべぎわ》の桐《きり》の箪笥《たんす》のひきだしを開《ひら》いた。

そこには、この殺風景《さつぷうけい》の家の中に不似合《ふにあい》な桐の箪笥が二棹《ふたさお》*と、丹塗《にぬり》の鏡台《きようだい》がある――それは、三千代の母のものだった。箪笥の中には、ぎっしり母のきものが入っていたが、伯母《おば》が伯父と争って飛び出した時、そのおおかたを無断《むだん》で持って出てしまった。思えば、とんでもない伯母さんだった。

――伯父は、ひきだしをガタガタ言わせていたが、やがて持ち出して来たのは、銀行の預金帳だった。

「お前の学資《がくし》に、あらかたは使ったが、まだ千八百円もあるよ――これは、お前の嫁入《よめい》り支度《したく》にするがいい――女が一生《いつしよう》学校の先生もしていられまいからな――」

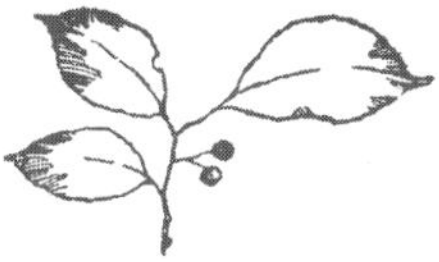

そう言って、ポンと三千代の前に投げ出した。

「今はいりません、私これから月給《げっきゅう》が戴《いただ》けるんですもの」

三千代は微笑《ほほえ》んだ。

「そうか、そんならお前のいるまで、伯父さんが預《あず》かって置《お》こうか」

伯父は、ふところに、預金帳を納《おさ》めて、又盃《さかずき》を取り上げた。

――その翌朝《よくあさ》、三千代はこの伯父に送られて、上野《うえの》の駅を立った。上野の山には、桜の枝がお花見への待機《たいき》の姿勢《しせい》を取り天気うららかな日だった。

三千代は三等*でもいいと思ったが、伯父が、二等の切符を買った。

荷物は、大きなスーツケース二つ、その中には、三千代が先生になって着て通うつもりの、柄《がら》のいい米琉《よねりゅう》のお対《つい》*や、今まで学生時代の銘仙類《めいせんるい》、それに、紋《もん》のついた羽織《はおり》や、お納《なん》戸《ど》の紋服《もんぷく》――お式《しき》の日に着るもの、等々いっぱい詰《つ》め込《こ》んである。

その外《ほか》に大事に別に包んで入れてあるのは、母のかたみの珊瑚《さんご》の根がけの珠《たま》二つと紫《むらさき》水晶《すいしょう》の指輪《ゆびわ》。これだけは、寄宿舎の部屋へも、いわばマスコット代りに持って行っていたものだった。それから母のかたみの品《しな》は、も一つある——古い型の女の懐中時計《かいちゅうどけい》——金の細い鎖《くさり》がついて、パチンと蓋《ふた》を開《あ》ける小さい時計、その金の蓋のおもてには、秋の七草《ななくさ》が彫ってある。その昔は、まだ今のように猫も杓子《しゃくし》も腕時計《うでどけい》をする時代とちがって、帯《おび》に時計をはさんでいたのであろう。

三千代は学生時代も、級《クラス》の誰もが持っている腕時計をついぞ持とうとしなかった——この母のかたみの古時計——一つで通した——だが古くとも品はよかった、明治時代にスイッツル*から来たもので、一秒も狂ったことなく、一年に一度油《あぶら》をさせば、それでよかった。

その時計を三千代は、帯《おび》から出して、蓋を開いて見た——もう乗った列車は二三分で駅をはなれる——五分ベルはすでに鳴り終った。

「三千代、それでは、夏休みには帰って来な——その時までに伯父さんは株でうんと儲けて、大きな家《うち》でも買って待っているぜ」

伯父はそう言う。

「お金は儲けて下さらないでも、それより、あんまりお酒召《め》し上《あが》らないで、毒ですから……」

三千代の別れの挨拶《あいさつ》は伯父への、この忠告だった。

「うん、お前のお母さんも、よくそう言ってくれていたぞ……」

伯父の眼が一寸《ちょっと》うるんだ——汽車《きしゃ》は、その時動き出した。

さようなら！　東京……三千代の胸がせまった。東京で生れて東京の下町で育って、初めて、その都《みやこ》を離れて、地方の街に暮しにゆく三千代だった。

その東京を、汽車はだんだん離れてゆく……。

歌う女の子

汽車に乗ると、誰も乗客は或る不思議《ふしぎ》な錯覚《さっかく》に陥《おちい》る。

ほんとは、幾《いく》つかの箱を連《つ》らねた一列がレールの上を走って、その周囲の風景《ふうけい》はただその列車を横切《よこぎ》るに任《まか》せて、風景そのものは、一分《いちぶ》も一寸《いっすん》も移動するわけではないのに——

だのに、乗客は窓によって、その風景を眺《なが》めると、自分の乗る車が動くのを感ずる前に、目の前の風景が風を切って飛び変ってゆく気がする。

三千代は、やはり、その錯覚に陥《おちい》った。今自分の乗る車が走って進むというよりは、むしろ東京の風景自身が、ずんずん後退《あとずさ》りをしてゆくと思えた。東京が後ろへ逃げ出すのは、さびしかった。

ああ、そして、もうだいぶ、後ろに遠く東京は走り去ってゆき、野《の》や山《やま》や――東京を離れた平野《へいや》の風景が変って走ってゆく。

異境《いきょう》の地に漂泊《ひょうはく》する自分、そんな誇張《こちょう》した感傷《かんしょう》が湧《わ》いて来《く》る。だが、その感傷にはやわやわと身内《みうち》を軽く撫《な》でるような妙《みょう》な一種の快感《かいかん》さえ伴《とも》なった。単に（悲しい）と言い切るには言葉過ぎる感傷だった。もしキザな表現を用《もち》いれば、うすら甘き愁《うれ》いとでも言おうか。

人は時として（漂泊）の思いに馳《か》られる。俳聖芭蕉《はいせいばしょう》の「漂泊のおもひやみがたく」*なったのも無理がない……凡人凡女《ぼんじんぼんじょ》の私でさえ――東京を一歩離れると、もう芭蕉になったような気さえすると――三千代は、おかしかった。

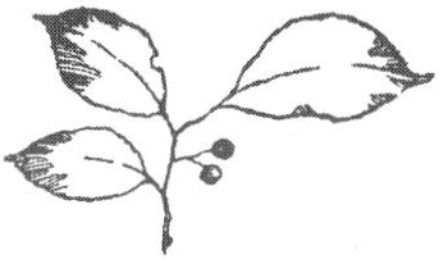

その三千代の耳許《みみもと》に、突如《とつじょ》として、こんな唱歌《しょうか》が響《ひび》いて入《はい》った。

今は山中《やまなか》、今は浜《はま》
今は鉄橋《てっきょう》渡るぞと
思う間もなくトンネルの
闇《やみ》を通って広野原《ひろのはら》……

三千代も小学生の時、ちょっと江《え》の島《しま》までの遠足《えんそく》の電車のなかでも、声を合わせて歌った懐《なつ》かしい唱歌だった。

三千代は周囲《しゅうい》を見廻《みまわ》すと、がらんとした二等車の向うの席に立って窓の外を、円《まる》い眼で身じろぎもせず見詰《みつ》めている小さい女の児《こ》が歌っているのだった。赤い毛糸のセーターらしい肩先《かたさき》とその女の児《こ》の顔だけ見える。傍《そば》にはいずれ父なり母なり大人が附《つ》いているのだろうが、その姿は座席《ざせき》の背で見えない、ただ女の児が座席の上に立ち上って窓に向いているので、それだけ見える。

遠くに見える村の屋根
近くに見える町の軒《のき》
森や林や田や畑
後へ後へと飛んでゆく……

女の児は歌い終ると、片手に握《にぎ》っていたキャラメルの包紙《つつみがみ》を急いで、はいで、せわしく口にくわえる。キャラメルで頬《ほお》ぺたがふくれる。それだのに、また歌い続ける。
（廻《まわ》り灯籠《どうろう》の絵のように……）と唄うつもりらしいが、生憎《あいにく》キャラメルが口の中であばれているので舌の活動が自由を失《うしな》い（まやりどうろのいのちょうに……）と聞こえる。
三千代は、そのキャラメルと小さい児の舌との、もつれ合う唄声を聞いた時、ふと、その声のなかに、自分の幼い頃の声や生活が、まざまざと再現《さいげん》されているような気がした。

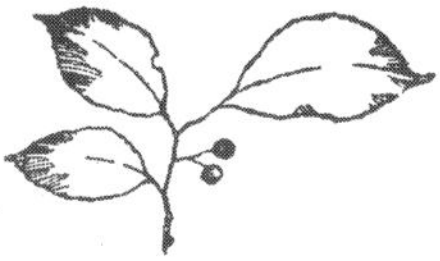

自分の唄ったうたをこの児はうたい又自分も口にいれた事のあるキャラメルをこの児も口にねちゃねちゃさせている。

三千代は、これから夕方まで乗っていねばならぬ車のなかで、この女の児を見ているのも、まるで古《ふる》びた子供の絵本に気《き》を紛《まぎ》らすようで、おもしろかった。

やがて、女の児の歌が変った。

じゃんけんぽんよ
　じゃんけんぽん
そんなら　わたしが
　おにになろうよ　おにに

かくれんぼの歌になった。小さい彼女は二つめのキャラメルを口にふくむまで、この歌を歌い続けるらしい。三千代も、この女の児の歌にも姿《すがた》にも馴《な》れると、また退屈《たいくつ》してしまった。

それで、途中の駅の新聞売りから、サンデー毎日だの週刊朝日*を買い込んで、それを拡《ひろ》げて手当《てあた》りまかせに読み出した。

そこには、或る映画女優の身《み》の上話《うえばなし》が出ていた。その美しい女優は元お金持ちの家に生れて、父が事業《じぎょう》に失敗して零落《れいらく》し、それから人にすすめられて女優となり、忽《たちま》ち有名になったというのだった。三千代は、たいてい、こうした同じような身の上の幾人もの女優の話を、もうせんから読んだような気がした。

読みものに退屈すると、今度はお弁当《べんとう》とお茶を買って、時間を過ごすことにした。でも折角《せっかく》買った駅のお弁当は、空想していたより、ずっとまずくていやだった。

三千代は、自分の寝顔《ねがお》が飛び切《とき》り上等に美しいという自信があったら、ここでいっそ汽車の着く少し前まで、ゆすらゆすらと、座席で眠ってしまいたかった。

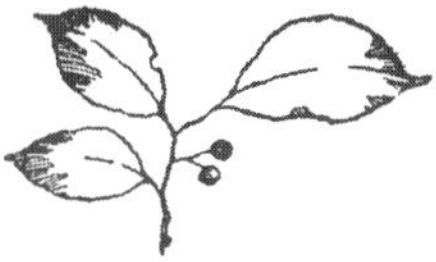

旅の黄昏《たそがれ》

うすい銀色のお月様が、汽車と一緒に走り出した。

三千代は、例の母の遺品《かたみ》の金の鎖附《くさりつ》きの、パチンと古風《こふう》に蓋《ふた》を開《あ》ける時計をあけて見た。

もうじき、目的地に着く時刻だった。

三千代は座席を片づけ、降りる仕度《したく》をした。その時まだ女の児の歌が続けられているのを知った。

じゃんけんぽんよ
　じゃんけんぽん
そんなら　わたしが
　おにになろうよ　おにに

まだよ　まだまだ
　まだまだ　まだよ

驚くべきことに、その児はまだ絶《た》えず、唄いつづけていたとは――三千代は、この子はまるで唄う機械《きかい》みたいだと思った。

だが、その唄声は、最初のキャラメルを口に放《ほう》り込《こ》みながら、元気よく（今は山中、今は浜、今は鉄橋渡るぞと、思う間もなくトンネルの――）と声張《こえは》り上げていた時とはまるで声の調子が変っているのが、よくわかった。

あの時は、いかにも汽車に乗って、窓に立ち、移り変る風景に幼い心をゆすぶられ、昂《こう》奮《ふん》して、活々《いきいき》と、自然に唄い出していたのとは、非常な違いで、なんという憐《あわ》れっぽい哀《あい》調《ちょう》であったろう。（まだよ、まだまだ、まだよ……）という声の調子は不安そうに乱《みだ》れ、ふるえて心細く、なんのことはない、冬の夜《よ》更《ふ》けに、裏街《うらまち》に、しょんぼり立っている、みじめな辻占売《つじうらう》り＊の女の児の（買って頂戴《ちょうだい》よ）に、似ている哀れっぽささえ感じられた。三千代は、じっと、その女の児の顔を見詰《みつ》めた。さっき見た時は、キャラメルに頬《ほお》をふくらまして、肩をゆすり活々《いきいき》していた、その子が、今はなんと、もう口に含むキャラメルもなくなったのか、咽喉《のど》の涸《か》れたような口もとは、ふるえて動き、頬は鳥肌《とりはだ》立ったように、首のあたりは、冷たく寒々《さむざむ》とかなしく細《ほそ》って見えるのだった。

それればかりか、この女の児は、今や絶えず神経質《しんけいしつ》に、車のなかのあちこちを、キョロキョロと落着きなく見廻《みまわ》している、その二つまんまるい眼のなかには、ありありと涙の水玉《みずたま》が溢《あふ》れ出《だ》している。

それでも、絶えず小さい彼女はまるで憑《つ》かれた様《よう》に、とぎれとぎれに歌声は止めない。だが、だんだんその歌声は、悲壮《ひそう》になってゆく。

とうとうその女の児の眼から、こぼれ落ちた水玉は、その冷たくひえびえとしてしまったような頬の上を、つるつると滑《すべ》り落ちてゆく……だが、その小さく悲壮な歌声は、まだ止《と》め度《ど》なく、その小さい唇《くちびる》を震動《しんどう》させて出る。ああ、なんという悲しい調子ぞ！（いイまはやまなか……いまは、はま……いまは、てっきょう、わ、わ……）再び唄い出した汽車の歌は、さすがに、ここでとぎれた。

いまの今まで、泣くのを堪《た》え忍《しの》ぶ為に、必死《ひっし》となって歌い続けていた丁度《ちょうど》それは戦場で、勇敢《ゆうかん》なラッパ手《しゅ》*が、敵弾《てきだん》に胸を打《う》ち貫《つらぬ》かれつつも、最後の一息までラッパを口から離さずに吹き続けていたのが、ついに息が絶えたような、胸の痛くなる感じだった。

そして、その歌声が、此処《ここ》にまったく息切《いきぎ》れたと思うと、その歌の声にかわって、小さく彼女の唇から——

「か、かあちゃん、いない、かあちゃん、いない!」

と叫ぶ声が、連続的に飛び出した。そも、その声は誰に訴える声なのか?

もともとその二等車は今日は空《す》いていたが、でも、さっきから、幾人《いくにん》かの乗客が出入りしたようだった。だが、それらは、たいていそれぞれ途中の駅で降りてしまったとみえ、今そこにこの一つの客車内に、残されているのは、三千代だけだった。彼女は車内を見廻した刹那《せつな》、それを知った。

して見ると、この客車には、三千代と、そして、あの女の児だけと云《い》うことに、なるのであろうか。

実のところ、三千代は、その女の児の傍《そば》には誰か同伴《どうはん》の大人――父なり母なり、誰かが附《つ》いていて、そして長閑《のどか》にその児は歌いはしゃいでいると思い込んでいたのが、今や急転《きゅうてん》直下《ちょっか》して、その女の児の様子の悲壮に変ると同時に、その女の児の傍に、誰もいないのが三千代にわかった。

「かあちゃん、いない、かあちゃんいない！」

その幾度目《いくどめ》かの叫び声の時、三千代は、その児の傍へ、つかつかと近付《ちかづ》いた。

母の書き置き

三千代の座席からは、同じ車内でも、かなり離れたところで、そこに向い合わせた二つの座席もあいて、ただ一人、その女の児が、かあちゃんいないと泣きつづけ出しているのである。

「お母さん、お手洗《てあら》いにいらしったんでしょう、じき戻ってらっしゃるわ。ね」

三千代は、その児にまず声をかけた。その座席の下に、駅弁当の一つの空箱《あきばこ》と、お茶の空瓶《あきびん》と牛乳の空瓶も置いてあるのを見て、三千代は、この児の母親が洗面所へでも、一寸《ちょっと》出かけたのだと思った。

「かあちゃんいない！　かあちゃんいない」

何を言っても、この女の児の叫び声は同じだった。

三千代は、持てあまして、ともかく、その車の入口の扉《とびら》の外にある洗面所へ行って覗《のぞ》いて見た。でも、そこに人影《ひとかげ》はなかった。

その向い合いのＷＣの扉の鍵《かぎ》には（使用中）の赤いしるしは出ていない——が、三千代はそっと外からノックしてしまった。なんの手答えもないので、今度は恐る恐る開いて見たが、誰もいない。

して見ると、あの児の母《かあ》ちゃんなる人は、いったいどこに行ってしまったのだろう——

三千代は、まったく途方《とほう》に暮《く》れた。

もしや——、どうかしたはずみに、汽車のデッキから線路に振り落される——こういう過失《かしつ》の椿事《アクシデント》も想像される……三千代は眉《まゆ》を顰《ひそ》めてその不吉《ふきつ》な想像を追い払った。

「かあちゃんいない！　かあちゃんいない……」

泣き声と同じ叫びが、ますますうら哀しく耳をつんざいて聞える。

三千代は仕方なく又、その児の傍へ戻った。赤いセーターの下に赤い格子縞《こうしじま》のお洋服の裾《すそ》が出ている——四つか五つか、その児はまだがんぜない。色は小麦色で眼はくりくりしているが、もう涙でさんざん痛んでいる。お河童《かっぱ》の髪も、窓からの風や自分の泣き叫びで、乱れている。空席の下には、この児の母が脱がせて置いたらしい、小さい赤革《あかがわ》の靴《くつ》がきちんと脇に揃《そろ》えてある。

「かあちゃんは、どこへゆくって言ったの？」

三千代は、肩を抱《だ》き寄《よ》せて問《と》うた。

「ちらない、いなくなったの」

児はやっと叫び声以外の言葉で言った。

三千代は網棚《あみだな》の上を見上げた。そこには、その児のらしい赤いフェルトの子供帽と、そしても一つの乳羽色《ちちばいろ》の錦紗《きんしゃ》の風呂敷《ふろしき》*が載《の》せてある。

「このお帽子あなたのね?」

三千代が指さすと、児《こ》は涙の顔でうなずいた。

「このお荷物は?」

「あたちのおようふく」

児は答えた。三千代に話しかけられて、少しは、何か心だよりが出来たせいか、泣き顔の動作《どうさ》は停止された。

こうして、荷物も児も、おいてけぼりにして、いったいこの母親はどこに?

三千代はその棚の風呂敷包を見上げたが、さほど大きくもない荷、小さい包みだった。

そこへ折《おり》よく車掌《しゃしょう》が入って来た。

「この児のお母さんがいなくなったって、泣いているんですけれど」

三千代は告げた。

車掌は立ち止まり、

「ほう――、いつ頃からいなくなったんですか？」

と三千代に聞いたが、三千代も知らぬ――その児も機嫌《きげん》よく歌いつづけている時に、もう母の姿は車室から見失《みうしな》っていたらしい。

「困りましたねえ」

車掌は、みけんに縦皺《たてじわ》をよせて、網棚に残されている風呂敷包みをおろして拡《ひろ》げた。なんかの手がかりを発見する為らしかった。

開くと、さっき女の児が三千代に告げた如く、その包みの中は女の着更《きが》えの下着、可愛《かわ》ゆい靴下と、白いポヤポヤした毛の子供の外套《がいとう》*一つだけだった。

車掌は、それらの品をひろげると、その小さい外套の袖《そで》の畳《たた》んだ間《あいだ》に、水色の封筒《ふうとう》がさしはさんであった。その表にありありと（捨児《すてご》の母より）と、はっきりと――三千代にも読めた。

「え！　す、て、ご……」

思わず口に出して、どきんとして、その児を見た。その児は大人二人の今読んだ字の何を意味するかも、もとより知るよしもなく、涙の眼を見開いて、きょとんとしている。その手には、もうからになったキャラメルの箱一つ犇《ひし》と握って……赤いセーターにくるまった小さい身体《からだ》、泣《な》き濡《ぬ》れた顔――なんだか哀れな可愛《かわ》ゆい小猿《こざる》のようだった。

「この頃《ごろ》車中《しやちゆう》の捨児《すてご》の新手《あらて》が、はやりましてね……」

車掌のみけんの縦皺《たてじわ》は二本になった。そして封筒から引《ひ》き摺《ず》り出《だ》した二つ折りの書簡箋《しよかんせん》を開くと、

　この児の腑甲斐《ふがい》なき母は、事情《じじよう》あって、この世から消えてゆきます。

　初めは、この児もろとも覚悟《かくご》いたしましたが、この児の、なんにも知らず歌う声を聞くと、とても、可哀想《かわいそう》で、あの世への道連《みちづ》れには出来ません。

　この児は残して参《まい》ります。どうぞ世の情《なさけ》ある方の御手《みて》に救《すく》われて戴《いただ》けますよう、悲しき母の最後の祈《いの》りでございます。

車掌の肩越《かたご》しに、三千代はその文字を読んで、呆然《ぼうぜん》とした。頭がぼうとしてしまった。

「かあちゃんいない！　いない！」

又《また》女の児は泣き叫ぶ……

三千代は、いきなり我《われ》を忘れて、その泣く児を抱き上げて胸に犇《ひし》と抱《かか》え締《し》めた。

——もう刻々《こくこく》と、三千代の降りる駅に列車は近づいてゆく時だった。

春の黄昏《たそがれ》の色は、車室の窓をも染めてゆく……。

逃げる彼女

三千代の降り立つ駅へ、列車は近付《ちかづ》いて行《ゆ》く時刻、それでなくても、気が気でない時だった。それも、単なる旅行見物《りょこうけんぶつ》の気持ではない——生れて初めて「先生」という者になって、初めて地方の見知らぬ街へ、今や間もなく到着しようとする前の心持《こころもち》は、恐《おそ》らく一生でも、そうは度々《たびたび》ない或る一つの緊張《きんちょう》でなければならない——だのに……これはなんとしたことぞ！　そのただならぬ緊張時刻に当って、三千代は、はからずも、その眼の前に捨《す》て児《ご》を発見してしまった。

ほんとうは捨児どころの騒ぎではない、自分の身一つが、これから大変なのだから、人の勝手《かって》に生んで困って捨てた児なんて、こっちのかまった事ではないと、あとは車掌に任せて、さっさと自分の席へ戻って、降りる身支度《みじたく》でもすればいいかも知れない。それだからって、誰も私を非難《ひなん》出来《でき》ない筈《はず》だ——とも三千代は考えないでもなかった。

だが、それは単に考えだけだった。とても実行には移せなかった。彼女はつい、いつまでもその捨児の傍《そば》に、なす術《すべ》も知らぬ癖《くせ》に、へばりついているのだった。

「ともかくこの次の駅で降《お》ろしましょう、仕方がない」

車掌さんのみけんの縦皺《たてじわ》が三本ぐらいになった。

「おろして、それからどうなりますの」

三千代は、そう聞かずにはいられなかった。

「さあ、まあ警察《けいさつ》へ頼《たの》むんですね」

車掌さんは答えた。

「それから、どうなるんでしょう?」

三千代には、先の先まで、おせっかいな心配が捲《ま》き上《あが》って来る。

「身寄《みよ》りの者が引《ひ》き取《と》りに出頭《しゅつとう》するまで、ともかく保護《ほご》して貰《もら》うんですね」

車掌さんは、まずこの児を汽車からおろす事以外、そう先まで考え詰められなかったらしい。

「でも、この児をわざわざ引き取りに来てくれるほどの親切な身寄りがいてくれたら――この児のお母さんは捨児をせずにすんだでしょうに――」

三千代は歎《なげ》きの声をあげた――この児の母親は児を捨てるどころか――自分はもうどこかの河か海に身を投げ込んでいるのかも知れない。して見ると、千年万年《せんねんまんねん》待っても、この児を誰が引き取りに来る当《あて》があるかしら?

考えれば考えるほど、三千代はその捨児を見るのが情なかった。

「そりゃあ、そうかも知れません、だが、いよいよ引取人《ひきとりにん》が無ければ孤児院《こじいん》とか養育院《よういくいん》とか——又なんとかなりますよ——親はなくとも児は育つと言いますからね」

車掌は、まるで三千代を慰《なぐさ》めるように言った。恐らくこの場合に乗り合わせた若い婦人客の感傷《かんしょう》を救う為だったろう。

でも、その車掌さんの言葉は、かえって三千代に二重の感傷を与えてしまった。

——親はなくとも児は育つ——或いは、そうかも知れない。げんに三千代自身親は無くとも育つ子の類《たぐい》らしいから——だが、三千代の場合は、幸《さいわ》い母が多少のお金を残して行ってくれた。そして、あんなお酒飲みだが、気のいい伯父さんも、この天地《あめつち》に一人の身寄りとして存在していたのだったから——たしかに親はなくとも子は育つ一例だ。

しかし……しかし……この眼の前の捨児の女の児の母親は、ほんの少しでも纏《まと》まったお金があったら、捨児もせずに——又敢《あ》えて自殺《じさつ》（?）もせずに、まだ幾日《いくにち》かいられた筈《はず》だった。

考えると、この児は親け無くても育つという状態《コンディション》が、ずいぶん悪いのだった。三千代は、暗い暗い気持になった。

「かあちゃん、いない……」

又女の児は、消え入るような声を続ける、もうだいぶ咽喉《のど》が、からからになって来たのか、その声は哀れに、まったく破れた笛のように、障子《しょうじ》の破れ穴からもれる、寒い風の鳴るような感じだった——三千代は、そのたびに、自分の胸のどこかに、キリキリ針がうずくようだった。

「この児をおろす駅——印堂町《いんどうまち》には、孤児院などございますの?」

三千代の降りる駅の町の名は、ここに仮に印堂《いんどう》と呼んで置こう——(日本地理に、その名と同じ町がなくとも、それはその町への仮名であることを知って下さい)

「さあ、たぶんないでしょう、小さい町ですからね」

車掌さんも、その駅は汽車で通過するだけで、町そのものへの知識がないのは当然だった。

「そしたら、この児は?」

三千代は、そう尋《たず》ねて問いただすのが、少ししつっこいと思われはしないかと、はずかしくなった。

「なに、警察の方で万事取《ばんじと》り計《はか》らいますよ」

車掌さんは、もういちいち三千代の質問にかかり合っていられぬ様子だった。

でも、三千代は、なかなかあっさりと、その場を思い切って立ち去れなかった。

彼女は、牛が一度喰《た》べた牧場の草を、もういちど反芻《はんすう》するように、さっき読んだ、捨児の母の置き手紙の言葉を、頭でと言うよりも、彼女の心臓で読み返して見た。


この児は残して参ります。どうぞ世の情ある方の御手《みて》に救われて戴《いただ》けますよう、悲しき母の最後の祈りでございます。

その言葉を辿《たど》ると、その捨児の母も、最後には、やはり親はなくとも子は育つ——の言葉を、一縷《いちる》の希望にして、この児を置いて去ったのであろうが——だが、世の情ある方の御手が、そうやすやすと、たちどころに出現するものであろうか？　三千代は首をひねった。

――世の情ある方の御手《みて》――その御手――三千代は思わず幾度《いくど》も口のなかで、つぶやいて見た。

「誰《だれ》か、身寄りでなくても、情深い人がこの児を引き取るでしょうか？」

そんな事、聞いても先の事はわからないと知りつつ、つい三千代は口に出してみた。

「さあ、子供が欲しくっても出来ない人が、養女《ようじょ》にでも貰いに来れば、ともかくですがね」

車掌が答えた。

「養女に……」

三千代は（なるほど）と思った。そして思わず口許《くちもと》がゆがんだ。これは、どう考えても、自分の手を出せるものではない――結婚もせぬ若い女の私が、なんで養女を貰えよう――三千代はおかしくなった。しかも、それがきっかけで、すうと、その捨児の傍《そば》を眼をつぶるようにして、離れる事が出来た。

「かあちゃん……いない……」

後ろから聞える破れた悲しい笛の音《ね》に、心強《こころづよ》くも耳を覆《おお》うて、三千代は網棚《あみだな》から自分の荷《に》を取りおろして、身づくろいした。もう、印堂駅の構内に列車は入りかけている。積荷《つみに》のある駅の倉庫が見え出した。

そして、木造の小さい駅が現《あら》われた。車輪の速度がヅヅ——と落ちて、レールにきしる鈍《にぶ》い音がした。

三千代は、もう二度とあの捨児の方は振《ふ》り向《む》くまいと決心した。

夢見る町

駅の歩廊《ホーム》はコンクリートでなく、砂利《じやり》が敷《し》いてあるのだった。二等車は後ろの方に止《とま》ったので、降りると、その砂利を踏《ふ》んで、駅の改札口まで一寸《ちよつと》歩かねばならない。

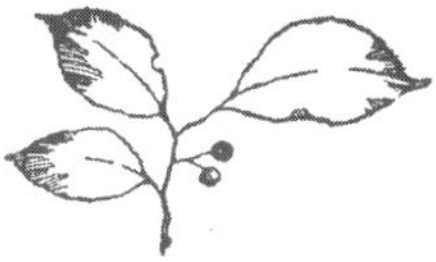

もとより赤帽《あかぼう》*なんて気《き》の利《き》いたものは、ここにはいないらしかった。お蔭《かげ》で、三千代は大小二つの鞄《スーツケース》を両手にぶらさげねばならなかった。

三千代は、その二つの鞄をさげて、息せき砂利をけった――後から追われているような気持で――何故《なぜ》なら、ここで車掌によって、ひとまず降《おろ》される、あの車中の捨児の姿を見ないようにする為には、そうして追われるように歩かねばならなかった。

（養女は出来ない、おかしくって――だから、私は世の情ある方《かた》にはなれない！）心の中で、自分に言いきかせるようにして、彼女はぐんぐん改札口に突進《とつしん》した。

第一、その改札口は四五人より通る人のないほど、至《いた》って閑散《かんさん》なものだった。改札係の駅員は暇《ひま》で感冒《かぜ》をひきそうに、ぽかんと立っている――東京の省線《しょうせん》*の駅のラッシュアワーの、あの名状《めいじょう》すべからざる混雑《こんざつ》に、もまれて過ごした都会育ちの三千代には、空気の抜けた風船のような駅のすうすうした風通りのよさに驚いた。

改札口の前には、一台の自動車があった。それは、たぶん日本に最初亜米利加《アメリカ》から渡って来た自動車の元祖《がんそ》が、津々浦々《つつうらうら》を廻《まわ》り廻ってこの駅の前に、最後の姿を止《とど》めて置《お》くかのように、古色蒼然《こしょくそうぜん》としていた。それは自動車と云《い》うよりは、古びた馬車といった方が適切なほど、四角《しかく》な黒いお弁当箱のような車体だった。そう見えたのは、たぶん、三千代が東京で流線型《りゅうせんがた》というのを、見慣《みな》れた結果かも知れない。

三千代は、その前に二つの鞄《スーツケース》をどしっと置いた時、ほっとした。とにもかくにも、自動車がいてくれたから、もう安心だと思った。

「貞淑女学院《ていしゅくじょがくいん》まで――」

三千代は、運転台の中へ声をかけた。

運転台から飛び降りて来たのは、頭のまんなかが剃《そ》ったように禿《は》げ上《あが》って、そのまわりは、まだ房々《ふさぶさ》と髪のある小父《おじ》さんだった。彼の服は一寸《ちょっと》ちがった形だった。背広《せびろ》でもない、実に長い上着《うわぎ》だった。黒くて長い、――ズボンの膝の下まであるような黒の上着まるで外套《がいとう》のようだった。その黒い色も少し黄ばむほど古びていたが――そして、ネクタイもカラーもなく、その長い黒い服の襟《えり》から、茶色のセーターが覗《のぞ》いているのだった。

その長い黒い上着の運転手は、けげんそうに、三千代を見詰めながら、

「貞淑女学院！」

と、たしかに驚いた表情を、露骨《ろこつ》に示した。

貞淑女学院――その名は、三千代の今日から赴任《ふにん》する女学校の校名である。この印堂町の有名な伝統と歴史を持つ私立《しりつ》の女学校の筈《はず》だった。なにしろ創立三十年という輝く歴史を持った女学校と聞かされて、三千代は赴任したのである。

だのに、いまその学校の名を口にすると、まるで何か吃驚《びっくり》したような顔つきを、この駅の運転手がするので、三千代は意外だった。

「有名な女学校でしょう?」

念《ねん》を押《お》した。

「そ、そりゃ知ってますともさ、よく知ってますよ――だが、そこへ何しにおいでなんです?」

運転手は問うのである。

(何しにって、大きなお世話《せわ》よ――)と、内心、三千代はむっとしたが、ますます奇怪《きかい》な運転手の質問の気がした。

「私、そこへ勤《つと》めに来たのよ」

三千代はツンとして言った――よけいな問答《もんどう》をせずに、さっさと乗せて走ってほしかった。ぐずぐずしていると、あの（かあちゃん……いない……）の笛の音《ね》が追いかける気がした。

「へえ、貴女《あなた》が勤めに……」

運転手は、とても感心したような、又呆《あき》れたような顔をした。

三千代は莫迦《ばか》にされた気がして、むしゃくしゃして、自分で車の扉《ドア》をじれて開《あ》けようとしたが、どうして、扉はちょっとや、そっとでは開かなかった。

「駄目ですよ、この車の扉は、左の方のだけしか開かないからね」

運転手は落ち着き払《はら》って、左側の扉を開けてくれた。片側の扉しか開かない自動車ってあるかしら？　今度は三千代が呆《あき》れ返《かえ》って、ぼんやりした。

運転手は平気で、悠々《ゆうゆう》と、その片側より開かない扉から、三千代の二つの鞄《かばん》を押し入れた。三千代もまず乗り込んだ。座席《シート》には紫メリンスの長細い蒲団《ふとん》が敷《し》いてあった。

やがて運転手は長い黒い上着の裾を引《ひ》き摺《ず》るようにして運転台に乗り込んで、ガタガタしたが、車は、病気の牛のように、ゼエゼエあえぐばかりで動かない——「チェッ」舌打《したうち》した運転手は降りると、鉄の棒の鍵型《かぎがた》に曲《まが》ったのを、ラジエーターのどこやらへ突き込むようにして、ガラガラまわすと、エンジンの音がけたたましく湧《わ》き上《あが》った。

三千代は、思わず車の中で長い吐息《といき》をした。

(なんだか、へんなことばっかり——この町はどういう町だろう……)

やがて、やっとこさと車は機嫌《きげん》をなおしてゆらぎ出し、コトコトと走り出した。

駅前の道は暫《しばら》く真直《まっすぐ》に続いていた。道の両側には店がならんでいた。果物屋《くだものや》、菓子屋《かしや》、下駄屋《げたや》、洋品店《ようひんてん》——だが、どの店にも客は立っていなかった——恐らくこの小さい街では、果物は夏蜜柑《なつみかん》が一日一つ売れればいいのかも知れない——下駄は三日に一足売れればいいのだろう——

うどん、と白く染めぬいた字が、お醤油《しょうゆ》に薄《うす》よごれている紺《こん》ののれんの、春風《はるかぜ》にそよそよしている店の角《かど》から、町の道は細い十字路に別れていた。その片方の道へ、車はゴトンゴトンとゆれて曲った。

「貞淑女学院の校長さんは、どんな方?」

三千代は、これから、自分の勤める校長さんの評判《ひょうばん》を知って置こうとした。そして、さしずめこの運転手にまず問うて見た。

「校長さんは、このフロックコートを私にくれるような人でさあ」

運転手の答は、それだった。

「へえ、じゃあ、あなたの今着ている長い黒い服――フロックコートなの?」

三千代は、小学校の頃、校長さんが式の時に着ていた黒い服、フロックコートを思い出した。女学校へあがった頃は、男の先生達は、もうたいていモーニングを着るのだった。フロックコートとは、昔はやった式服《しきふく》だった。恐らく貞淑女学院の校長は、式服をモーニングに代えた後の不用《ふよう》のフロックコートを、この運転手にやったのであろう――たしかに多少情深《なさけぶか》い人――かも知れぬが、やるにも人を見ずこの運転手に、そして、それを自動車運転の労働着《ろうどうぎ》にしている運転手の呑気《のんき》さ、ずぼらさ——おかしい上を通りこして、三千代はまごついた。

「なにも、私はフロックコートなんて貰いたくはなかったんですがね——何しろ自動車賃《ちん》がえらく溜《たま》っちゃったし——仕方なし、その代りに取ったんですよ」

運転手は、さばさばとそう言うのである。三千代は二《に》の句《く》が継《つ》げなかった。

「だって——私立の女学校で古い学校だし、その学校の持主の校長さんでしょう——自動車賃ぐらい……」

三千代は、そう言いながら、思わず、舌がもつれるのだった。

「なあに、以前は大したいい女学校でしたがね——いまは、からきし駄目《だめ》ですよ、前のおばあさんの校長さんの時はよかったんでさあ、伜《せがれ》さんが、東京から帰って校長になってから、もういけませんよ、なにしろ、生徒も少ねえし——先生は——」

と言いかけて、運転手は言葉をとぎらせ、うしろの三千代を振《ふ》り返《かえ》って、俄《にわか》に愛嬌笑《あいきょうわら》いをして、

「先生うちの娘《むすめ》もあがってますよ——月謝《げっしゃ》の代りに自動車賃差し引くことにしましてねえ、へ……先生、よろしくお願いしますよ、このセーターも、娘が編《あ》んでくれたんですよ、編《あみ》物《もの》はよく教える女学校でさあ」

運転手は、片手で、くだんの古*フロックコートの下の茶色のセーターを指さし示したのである。

三千代は、もうさっきから呼吸《いき》が止《と》まるような思いだった。

思えば、この四五年来、就職難《しゅうしょくなん》の世の中だった。三千代の学校出ても、なかなかすぐに就職出来る人は少なかった。東京の女学校へは、その母校にさえ思うように就職は出来なかった。

そのなかで、三千代は田舎町《いなかまち》でもいい気で、早速《さっそく》この町の貞淑女学院からの、教師一名の採用に応じたのだった。あんまりうまく就職出来たと思ったのが、まちがいらしかった。

——とは言え——すでに来てしまった以上——どうにも——これも人生の冒険であろう——親はなくとも子は育つ——その意気込《いきご》みで！

三千代は自分を鞭打《むちう》った——そして車の窓から、吐息《といき》と共に眺《なが》めると、すでに町の道は、かなり辿《たど》って来たのであろう——家の屋根の瓦《かわら》に苔《こけ》のついたような軒《のき》が、飛び飛びに黄昏《たそがれ》の町に霞《かす》み——ずうと向うに山の峯《みね》が、空に溶《と》け入《い》るように浮かぶ——はるけくも来つるものかな*——三千代は、ものがなしく——又なにか、朝から妙《みょう》な夢を見続けているような、不思議《ふしぎ》な気さえしたので……。

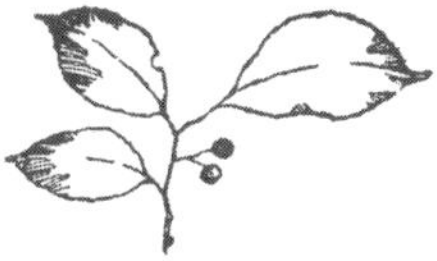

黄昏女学校

「へえ、先生、学校へ参りました」

自動車は、止《とま》ったのである。

三千代が降りた眼の前に、青いペンキの地の上にひびの入っている門の柱と柵があった。

その門の前に、小さい溝《みぞ》が流れている。溝の水は不思議なほど、清潔でチロチロと泥の上を一筋《ひとすじ》流れている。

その溝の上に、門までの石の小橋がかけられてある。橋と言っても、ほんのひとまたぎの巾《はば》だった。それでも、もったいをつけて、平ったい石が二枚渡してあり、なんと可愛《かわ》ゆい石の欄干《らんかん》まで型の如く付いている。

あたりは、もう黄昏《たそがれ》だが——その薄明《うすあか》りの底に、この童話の小人《こびと》が多勢《おおぜい》渡るに、ふさわしいような、石の小橋は、はっきりと白っぽく浮かんでいる。

三千代は、その橋の前に立って、その欄干に彫《ほ》りつけてある文字を読んだ。《乙女橋《おとめばし》》柱の欄干の右手に、こうした文字が彫りつけてある。そして左手の欄干には、《第一回卒業生一同》と彫りつけてある。

三千代は、その左右の欄干の文字が、眼に浸《し》みるようだった。

この学校の古い第一回——最初の卒業生は、愛する母校の門前《もんぜん》に、名も床《ゆか》しい《乙女橋》と命名した石の橋を寄附《きふ》して、そして母校の将来を祝福《しゅくふく》しつつ、おそらく涙ぐんで「螢《ほたる》の光」を合唱してか「仰《あお》げば尊《とうと》し、わが師の恩……」と声張《こえは》り上げて去って行ったのだ。

だが、彼女らの、そんなに愛惜《あいせき》した母校の現在は？　少なくも三千代が駅から自動車《くるま》にゆられて来る途中、奇妙な古フロックコートの運転手から耳にしたところでは、まったく悲観《ひかん》すべき、やや驚くべき女学校になっていた。

あわれ*《乙女橋》を寄附《きふ》した、そのかみの*卒業生たちも、この橋自身もどんなにさびしい気持であろう！

三千代は、その橋の石に古色《こしょく》がつき、仄《ほの》かにうすく苔《こけ》さえ見えるのを知って瞳《ひとみ》が潤《うる》む思いだった。

「先生、お荷物持ちましょう」

古フロックコートの運転手は、三千代の鞄《かばん》を取り上げた。

三千代は、その愛すべき、かつまた寂《さび》しい影のような、乙女橋を渡った。三足も踏めば渡り終る可憐《かれん》な橋、まったくその名にふさわしい橋だった。

門を入ると、松や桜、そうした樹々《きぎ》を植えた奥に、これも青いペンキ塗の一棟《ひとむね》の古びた校舎が、生徒のいない黄昏時《たそがれどき》に、海の底に沈んだ廃船《はいせん》の如く、しいんと儚《はか》ない姿《すがた》を見せていた。

三千代は、衰《おとろ》えゆく学校の校舎の姿を、そこに、まざまざと見せられた気がした。

しかも、その校舎の黄昏の窓からオルガンの音色《ねいろ》が、切《き》れ切《ぎ》れに響いてくるのだった。

まったく、三千代はひどく感傷的な気持に襲《おそ》われて、いゝしんから気が沈んで、足がすくむようだった。

その三千代の感傷をバリッと破るように、

「この裏が、校長さんの住居《すまい》でさあ」

運転手は、大きな声を出して、さっさと三千代の前に立って校舎の方へ廻った。

その裏手は夕暮《ゆうぐれ》のせいか、じめじめしている――地面には小さい雑草さえ生えていて、ほろろさびしく夕風に草の葉が鳴るのである。

その草の蔭に、今までうずくまっていたらしい、黒い小さい影が、むくむくと動いたと思うと、ワンワンと吠《ほ》え立《た》てて、三千代の前に来た。真黒《まっくろ》い毛のむく犬だった。

もう、その犬はかなりの老犬《ろうけん》らしく、吠えても、かかって来る元気はないらしく、ただもの憂《う》げに吠え立てているのである。

この学校では、犬まで元気がない――何もかも日没前のさびしい黄昏《たそがれ》の感じだ――三千代はしみじみ感じた。《貞淑女学院《ていしゅくじょがくいん》》などという、いかめしい校名よりは、物語めく《黄昏《たそがれ》女学校《じょがっこう》》と名付けた方がふさわしい心地《ここち》がするのだった。

犬に吠えられながら進むと、その校舎の裏手を鍵型《かぎがた》に飛び出している日本風《にっぽんふう》の建物がある。二階建だが、二階の窓は閉め切ってある。

その正面に式台のある格のいい玄関が控《ひか》えていた。黒塗《くろぬり》の障子《しょうじ》がしまっている。障子には、ところどころ穴があき、そこから黄昏のしめった風が忍《しの》び込《こ》む気配《けはい》だった。

運転手は、黒ずんでゆがんだ式台の板の上に、どんと鞄を置くと、うろうろとして、あたりを見廻しながら、三千代の耳の傍で、声をひそめ、

「先生、さっきわっちのお話した、学校の噂《うわさ》を――わっちから聞いたなんて、校長さんに言いつけないでおくんなさいよ――」

彼は、うっかり貞淑女学院の近頃《ちかごろ》振《ふる》わないことを、あんまり本当の事を言いつけ過ぎた

為に、この新任の若い女の先生が、がっかりして、校長にすぐにも辞職《じしょく》でも申し出はしないかと、それが今更《いまさら》心配のようだった。

その為の用心か、何か、更に彼は三千代を励《はげ》ますように、

「何しろ、先生のような若い別嬪《べっぴん》の先生が東京からいらっして下すったら、それだけでも、ここの学校が明るくなって、生徒も奮発《ふんぱつ》しますさあ」

こう言うのである。別嬪にされた三千代は、「ホホホ」と笑って、赤い革の銀貨入《ぎんかい》れ*を出し、

「おいくら?」

と、駅から此処《ここ》までの自動車賃をたずねた。

「なに、それはよござんすよ*、先生の御赴任《ごふにん》のお祝いのサービスでさあ――」

彼は勢《いきお》いよく手を振るなり、その家の奥に響《ひび》くように、濁声《だみごえ》をやにわに高くあげて、

「校長先生! 東京から新しい先生が今お着きですよオ」

と叫んでから、

「なにしろ、御夫婦と、盲目《めくら》になって動けない前の校長さんだったおばあさんと三人きりで、広いこの家の奥に住んでいるんですから、よっぽど大きな声出さないと聞えませんよ」

彼はつぶやいた。

「ごめん下さい！」

三千代も、その気になって、生れて初めてのような大きな声で、案内を乞《こ》うのだった。

そこへ、さっきの黒いむく犬が、生きた呼鈴代《よびりんがわ》りに、ワンワンと又吠え立てて、飼主に来客の報知《ほうち》をするらしかった。

さびれてゆく私立女学校の裏の校長住宅に、盲《めし》いて動けない前《ぜん》校長のお婆さんと、そして息子夫婦が暮すというその住居《すまい》は、まるで人気《ひとけ》が無《な》いように、がらんとして、空家《あきや》の様《よう》だった。

が——さすがに、運転手の声と犬の吠えるのとの二重奏《にじゆうそう》で、やっと奥から人のばたばたと出て来る足音がしたと思うと、黒塗骨《くろぬりぼね》の障子《しょうじ》が開《あ》いた。そして、其処《そこ》に黒い紋付《もんつき》の羽織《はおり》

——大福餅《だいふくもち》ほどの大きな五つ紋を付けた羽織を着て肩を怒《いか》らし、房々《ふさぶさ》とした髯《ひげ》を鼻の下に黒々と見せた紳士が、ぬっと全身を現《あら》わして立ちはだかった。

「校長先生、この方がこちらの先生になりなさって東京から、今着かれたんで、わっちが*お送りしたんです」

運転手が、三千代を紹介する役をさえ、引き受けたのである。

「やあ、それは御苦労《ごくろう》御苦労——さあ、どうぞ貴女《あなた》まずあがって下さい」

校長は黒紋付の肩を、そびやかして、三千代に言った。

運転手は、その間《ま》に消えるようにいなくなった——

たぶん、この次の汽車の着く時に間に合うよう、駅へ戻って行くのであろう。

三千代が式台へ上ると、

「お荷物は、これだけかな?」

と、校長自身が三千代の鞄を、奥へ運ぼうとするのだった。

「まあ、恐れ入ります——」

三千代が慌てて、その鞄を我手《わがて》に取ろうとすると、

「いやいや、私《わし》が持ってあげる――私《わたし》の学校は全部家族主義でな、校長先生もへだてなく遠慮《えんりょ》せんことになっている」

と、頼《たの》もしいことを言った。

「チッキ*で夜具《やぐ》が、あとから参るのですが」

三千代は、さっきそれを受け取るのを待つのも、もどかしく初めて赴任の学校へ心せいたのだった。

「いや、それは後で、明日《あす》にでも、あの運転手に頼めばよろしい」

校長はこう言って、鞄をさげ三千代を奥へ案内した。

奇遇

徳川時代《とくがわじだい》の、何処《どこ》かの武家屋敷《ぶけやしき》の一室かと思われるような、広々《ひろびろ》として――欄間《らんま》の波に

千鳥《ちどり》の彫《ほり》も古びた十二畳あまりの座敷《ざしき》に、三千代は通された。

さらぬだに、*夕暮《ゆうぐれ》の日本座《にっぽんざ》敷《しき》は仄暗《ほのぐら》く——床《とこ》の間《ま》の掛軸《かけじく》の、支那《しな》の古碑《こひ》の石刷《いしずり》らしい文字も朧《おぼろ》で、生徒がお稽古《けいこ》に活《い》けたらしい葉蘭《はらん》が竹筒《たけづつ》に活けてあるのが、少し萎《な》えていた。

その前の座蒲団《ざぶとん》に、三千代は心細《こころぼそ》げに坐《すわ》った。

「時間を知らせて下されば、私《わし》なり家内《かない》なり大いに歓迎《かんげい》の意を表して、駅までお迎えに出たんですが」

　校長は、ぐりぐりと眼をさせて言った。

「いいえ、それには及《およ》びません……すぐにわかりました——さっきの運転手のこどもも、こちらの学校だそうでして……」

と、三千代は言いながら、暗然《あんぜん》とした。さっきの運転手から、この学校の評判を聞いて、吃驚《びっくり》させられた事を思い出して、だが、だが、それは運転手から口止《くちど》めを頼《たの》まれたし、断じて曖《おくび》にも、うっかり出せない——何も知らない顔をするより仕方がなかった。

「よく奮発《ふんぱつ》して、ここへやっていらっしゃした。是非《ぜひ》若い元気のいい女の先生が一人欲しいと、我々は願っておったんでしてね——貴女《あなた》のように、美しい優しい先生が来て下すったんで、大いに意を強くしました」

　校長は、こう言いながらも、ちっとも落着かぬ、そわそわした様子で袂《たもと》から、煙草《たばこ》の袋を取り出し一本抜いて吸い出しつつ、

「貴女は、御両親は？　やはり東京ですか？」

「いいえ、父は小さい時に亡くなり、母も亡くなって、孤児《こじ》ですの、伯父《おじ》が一人ございますが……」

　三千代は、そう答えながら、いかにもそういう自分自身が、このうらさびしい《黄昏女学校》の先生にふさわしい境遇《きょうぐう》の気がした。

「ホウ、それは偉い、孤児で独立独行《どくりつどっこう》見上げたものです——私には母がおります。それが、この学校の創始者《そうししゃ》でしてね、女一人手でなかなか苦心惨澹《くしんさんたん》よく校長と経営主《けいえいぬし》を兼《か》ねて、立《りっ》派《ぱ》に盛《も》り上《あ》げたのですが——あまりの過労《かろう》で失明《しつめい》して、その上半身不《はんしんふ》随《ずい》になりましてね、どうしても校務《こうむ》が執《と》れず——私が帰って来て校長になったのですが——私はもともと女子

教育など申す、この細かい仕事よりは、大きい事業が好きでしてね、青年時代から北海道《ほっかいどう》で金鉱《きんこう》を発見しかけて、やれ嬉しや、これからと思う処へ、母の病気で、ここへ戻って余《よ》儀《ぎ》なく不似合《ふにあ》いな校長先生を俄仕込《にわかじこ》みで勤めたんですが、やはり性分《しょうぶん》に合わん事は駄目ですなあ――お蔭《かげ》で母が折角《せっかく》苦心して建てた学校を、すっかりさびれさせましてね――まったく悲観《ひかん》してます。その為家内も非常に煩悶《はんもん》してます」

と、まったく嘘《うそ》かくしの無い告白を、男らしくすらすらと述べる、この金鉱事業家《きんこうじぎょうか》の校長に、三千代はむしろ好感《こうかん》と同情《どうじょう》を抱《いだ》くのだった。

「そうそう、まだ家内はお眼にかからんな――今呼んで来ます。あれは暇さえあれば、学校のオルガンを弾いてます――ピアノも元はありましたが――何《なに》オルガンの音《ね》の方が、日《に》本的《ぽんてき》で淑《しと》やかでよろしいと私《わし》は言うんです……」

と、せかせか一人しゃべって、いそがしげに、校長は席を立って廊下へ――黒紋付の羽織の肩を聳《そび》やかして立ち去った。

さっき此処《ここ》の校門を入る時、あの海に沈んだ廃船《はいせん》のような黄昏《たそがれ》の校舎から、さびしく響

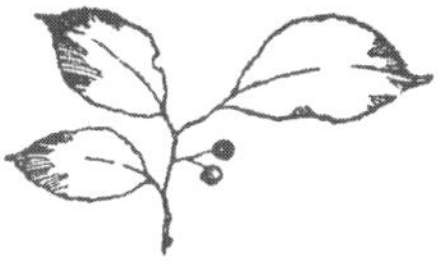

いていたオルガンは、あの校長さんの夫人の奏《かな》でたものかと知ると、三千代はなんだか、哀れにものがなしげだった、あの音色が更に思い返されるのだった。

その時、その座敷から更に奥まった部屋のあたりから——老いた人の感冒《かぜ》でもひいたような咳《せき》が、ゴホンゴホンと聞えた。

（きっと、盲《めし》いた前校長の刀自《とじ》*の咳《せき》らしい）

三千代は想像すると、気がめいった。

折《おり》から廊下《ろうか》に、校長のどしんどしんとさせる足音と、それに続いて、それこそ淑《しと》やかな優しい女の足音が、ひそやかに聞えた。三千代は、いよいよ校長夫人が出現するのだと知って、居《い》ずまいをなおして、膝に手を置いて、かしこまった。

校長が襖《ふすま》を開《ひら》いて、先に入り、

「これが家内《かない》です」

と、後ろを顧《かえ》り見て、紹介した夫人の姿を、夕闇《ゆうやみ》の座敷の入口に一眼《ひとめ》見た刹那《せつな》——三千代は「あっ！」と、のけぞるほど驚かされた。

おお、なんと、その校長夫人という人は、三千代がかつて少女時代学んだ東京の女学校で、全校の生徒の憧《あこが》れの的《まと》だった、音楽の先生ではないか！　しかも、その当時あんなにも美しく若々《わかわか》しかった、その先生が、今数年後ここで相見《あいまみ》えた時は、しぼんだ花のように、蒼白《あおじろ》く痩《や》せて、生活の言い知れぬ苦労にやつれた姿《すがた》だった。

「まあ、藤波《ふじなみ》先生！」

三千代は、思わず声かけて、懐かしさと驚きの眼を見張《みは》った。

「伴《ばん》さん！　貴女《あなた》でしたの、こんな学校へいらっして下すった人は……」

元の藤波先生――今の貞淑女学院校長夫人は、昔の教え児の成長した姿の前に、自《みずか》らを恥《は》じるように、うなだれた。

「ホウ、これはまさに奇遇《きぐう》じゃ――お前、この伴先生を教えた事があるのかね、ホウ、これは、まさに奇遇《きぐう》じゃ、ハハハ」

校長は、いかった肩を左右にゆるがせて、豪傑《ごうけつ》のように、高笑いをするのだった。

だが、夫人の双眸《そうぼう》*には、ふいと露《つゆ》の雫《しずく》が光ったのを、三千代は見て粛然《しゅくぜん》とした。

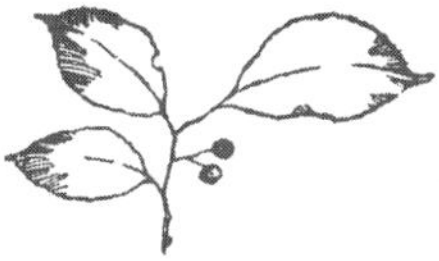

誓い

「教え子の、あの可愛《かわ》ゆい少女だった、伴さんが、もう此処《ここ》へ、先生になっていらっしゃる——ほんとに月日《つきひ》のたつのは、早いものですね……私が年齢《とし》をとって、こんなお婆《ばあ》さんになるのも、当りまえね」

校長夫人は、さびしく微笑《ほほえ》まれた。だが、その眉窶《まゆやつ》れし面影《おもかげ》は、ただ月日の去りゆく、そのせいばかりでなく、その月日の裏に、重なり合った苦しみ、憂《うれ》い、その数々が、畳《たた》み込《こ》まれた感じで、相向《あいむか》う昔の、そのおしえ子も、そのかみの断髪《だんぱつ》の丈《たけ》なした如く、心もややに、大人びて、世の悲しみを知《し》り初《そ》めて、ひそかに涙《なみだ》したのである。*

「ほんとうなら、こんな学校よりは、もすこし、ましな学校へいらっしゃるように、忠告して差し上げたいのが、私の気持なのですけれど——」

校長夫人、むかしの藤波先生は、口ごもりながらおっしゃる。

「いいえ、先生が、校長先生の奥様になっていらっしゃる、この学校へ参れましたのは、まるで、神様のお指図《さしず》のような、気さえいたします、私ここで働かせて戴きます」

とっさの場合、三千代は、はっきり、こう言えた。

実は、つい今しがたまで、確かに、うそ寒い枯野《かれの》にぽつんと降りた、小鳥のような気持で、悲観《ひかん》していたのが、今、思いもかけぬ、藤波先生の出現で、この夫人を助けて、この学校に、きっと何か貢献《こうけん》して見ようと言う気に、なったのは事実である。

「ありがとう伴さん、そうおっしゃって戴くからは、私は思い切って、今日《こんにち》から、お力を借ります」

校長夫人は、もったいないほど、お頭《つむ》を三千代の前に、おさげになった。その髪のあたり、さびしげに、ほつれ毛が仄見《ほのみ》える。

「なにしろ、伴さん、主人は女子教育とは、あまりに、縁の遠い、金鉱事業家《きんこうじぎょうか》なのです。主人の母が、心をこめ、身を献《ささ》げて、老年まで尽《つく》した、この学校も、母が眼を悪くして、隠退《いんたい》してから、主人の経営と、それにいろいろ足《た》りない処《ところ》も、出来て、衰微《すいび》してしまって、私はそれに、ただ音楽を教える以外、外《ほか》には智恵も出ず――まったく、姑《はは》にも申しわけないと、思いますの――そこへ、貴女《あなた》がいらっしゃって下すったのは、ああ、もしかしたら、ほんとに神様《かみさま》の思召《おぼしめ》しかも知れません――よろしく、ほんとに、よろしくお願いいたします」

　しんみりと、夫人は言われると、その言葉を追いかけて、校長が肩を張り、

「いや、そう悲観したものでも、ないですぞ、何しろ女というものは、気が小さ過ぎる。それが、どうも、わしは不賛成です。それで、或る日生徒に演説したです。『諸君は、すべからく、何事《なにごと》も大胆《だいたん》にやってのけるべし、くよくよしちゃいかん。大飯大喰《おおめしおおぐら》い、おてんば、なんでも活潑《かっぱつ》に、どんどんやっつけるべし』とね、そしたら、生徒の父兄《ふけい》が、それを聞いて、そんな乱暴《らんぼう》な訓示《くんじ》をする校長の学校に可愛《かわ》ゆい娘を任《まか》せては、おけん、第一、そんな教育を受けたら、お嫁《よめ》の入口《いりぐち》が、なくなると、いう騒ぎで、ずんと生徒の数がへりましたぞ、ハハハハ」

　高笑いをするのである。

夫人は、いつもの事で、馴《な》れているせいもあろう、ただ眉《まゆ》を顰《ひそ》めて、力なくうつむいた。

三千代は、すっかり呆《あき》れて、言葉もない。

妻と、新しい先生とを沈黙《ちんもく》に、陥《おと》し入《い》れても、平気で、校長は言い続ける。

「北海道《ほっかいどう》でわしが発見した、その金鉱は、ともかく、まだ手を着《つ》けませんが、それを掘《ほ》り出して、金がザクザク出て来たら、それこそ、この学校は、此処《ここ》の県立なんか吹き飛ばして、立派な鉄筋《てっきん》コンクリートで、どっしり建て替えて、なに生徒の月謝なぞ云う、けちくさいものは、一切取らず、先生の月俸《げっぽう》は、山ほど出しますぞ、それが、わしの理想です」

校長は、いつ実現出来るか、わからぬ夢の又夢の如き、理想論《りそうろん》を吐《は》く。

これでは、この町の生徒の父兄に、排斥《はいせき》されるのも、無理がないと、三千代も感じた。

「貴方《あなた》、つまらぬ事をおっしゃらずに、それより、お姑様《かあさま》に、伴先生を御紹介いたしましょう。新しい先生が、東京からいらっして下すったことを、お姑様は、どんなにお喜びになりますか——」

賢《かしこ》く、優《やさ》しい夫人は、盲《めしい》の姑君《ははぎみ》の心を、少しでも、慰《なぐさ》めようと、気をくばられるのだ。

「私も、おめにかからせて、戴きとうございます」

三千代は、この地方街の小さい女学校を創立したという、老刀自《ろうとじ》をせめても慰《なぐさ》める役に立ちたかった。

「では、どうぞ、こちらへ——」

夫人が、先に立って案内したのは、その座敷《ざしき》から、更に奥《おく》まった、離《はな》れ座敷《ざしき》の一間《ひとま》——老いた人の咳《せき》は、ここから、さびしく三千代の耳にも、ひびいたのだった。

心眼《しんがん》の刀自《とじ》

「お姑さま、今度、赴任《ふにん》なさいました、伴先生をお連れいたしました。私のもと、東京の女学校でお教えした先徒の方だったのですの」

いそいそと、夫人は襖《ふすま》を開《ひら》くと、その座敷の黒の塗机《ぬりづくえ》——経机《きょうづくえ》のような小卓《しょうたく》の前に、黒《くろ》綸子《りんず》の被布《ひふ》の姿*に、切《き》り髪《がみ》の老刀自は、端然《たんぜん》と坐《すわ》っていられた。

二つの眼こそ、凋《しぼ》み果《は》てて哀《かな》し花の名残《なごり》の蕚《しべ》の如く、老いた眉《まゆ》の下に永久に眠れる閉じた眼の睫毛《まつげ》ばかりが、さびしい影を落している――でも、その顔形《かおかたち》は、あくまで上品と、自《おのずか》ら備《そな》えた女の教養《きょうよう》を示していた。

夫人は老刀自の机の傍《そば》にある、黒塗骨《くろぬりぼね》の雪洞《ぼんぼり》の置電気《スタンド》*の、スイッチをひねったので、それだけに老刀自の姿が、はっきり三千代に映《えい》じたのである。

「おお、それでは、さぞお若い先生でいらっしゃるのだね、ほんとにいいこと、うちの子供たちも、さぞ、よろこびましょう」

刀自のそう言わるる（うちの子供たち）とは、生徒の事だった。

三千代は、生徒を（うちのこども）と、呼ぶ、老刀自の気持を、なつかしんだ。ああほんとに、この刀自が健在《けんざい》で校務《こうむ》が取れたら、学校も栄えるだろうにと、残念だった。

「宅の、この嫁は、ほんとに、優しい、いい嫁です。やっぱり元は、私がこの学校で教えた、こどもの一人ですよ」

校長夫人の、三千代を教えた、かつての藤波先生の、少女時代の母校はここだったのか。

そして、老刀自に、その優しさを、見込まれて、我《わ》が子息《しそく》のお嫁さんに、望《のぞ》まれたのであろう。

「この頃、私は毎日ここに、坐《すわ》っております。息子が眼の不自由《ふじゆう》な年寄《としより》が、学校へ出ずともよいと、申しますので、老《お》いては子に従《したが》えでな――だが、校内の生徒の声や、足音だけでも、やはり、なつかしく、耳を澄《す》ましておりますよ――それが、だんだんうちの子供の声や、足音が、この頃さびしく、少なくなってゆくようでなあ、わたしは、心配しとります――伜《せがれ》も嫁も、なに、生徒が、お母様に遠慮《えんりょ》して、声や足音を、前より静かにしているからだと、申しとりますので、それで、まあまあ安心しましたが……」

その老刀自のさりげない言葉が、ひどく三千代の胸をゆすぶった。

「この学校は、東京までも評判のよい女学校で、それで私参りました。そして、校長先生や、昔の先生の奥様に、おめにかかって、なお、この学校が好きになり、喜んで一生懸命《いっしょうけんめい》で勤めさせて、戴くつもりでおります。どうぞ、よろしくお導《みちび》きを――」

三千代は、刀自の前に頭をさげた。

「かたじけないこと、＊有難《ありがと》う、ほんとに有難う」

刀自の盲の眼《めしい》は、見えぬ俤《おもかげ》を浮かべるように、その顔を三千代に近く向ける。

「あなた、御両親は」

刀自は、何思ったか、改めて問う。

「父は小さい頃、母は女学校を出る頃、なくなりました」

三千代が答える。

「ホウ、それはそれは——」

刀自は、わが事のように、首をうなだれたが、

「比奈《ひな》さん」と、傍の校長夫人の名を呼び、

「比奈さん、このお若い伴先生を、今日から、今夜から、娘と思うてあげて下さい。頼みます——また、この老いぼれの私も、及ばずながら、伴先生のお祖母《ばば》の気になりますよ、かような、盲目《めくら》のおばばを持ったと思うてなあ、ホホ」

しぼんだ口が、慈味《じみ》＊を含んで笑った。

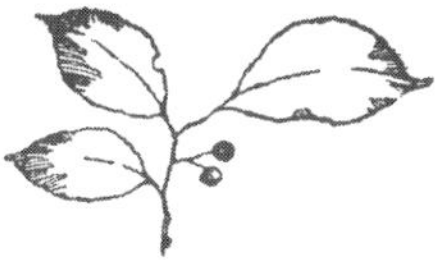

三千代は、孤児の身から、一躍俄《いちやくにわか》に、父あり母あり、祖母ありの賑《にぎ》やかな身《み》になったが――この刀自の祖母もいい、比奈子夫人の母役も、かたじけない、しかし、あの金鉱事業家、大胆やっつけ主義の校長の、父役は、少し閉口《へいこう》だと、心中ひそかに思うと、三千代は、くすぐったく、おかしくなった。

「では、伴先生もお疲れでしょうから、これで――」

と、比奈子夫人が、三千代を、その離れ座敷から、引き上げさせようとして、三千代も

「では――又」

と、お辞儀《じぎ》して、夫人と共に襖《ふすま》の外へ、去る背後《はいご》から、

「比奈さん、灯《ひ》を消して行って、おくれ」

刀自の声がした。

夫人は、刀自を振り向いて、

「でも、お姑様《かあさま》が、お一人で暗いところに、いらっしゃると思うと……やはり、明《あか》りはつけて置きましょう」

「いえいえ、なんの盲目《めくら》に、明りは無用《むよう》のもの、電気を無駄《むだ》にするだけのこと、消しておくれ、たとえ、暗いなかでも、心の眼は、はっきり見えます――伴先生の、姿も心も、どのようか、私の心眼《しんがん》*には、はっきり見えました」

刀自の、そう言う声に、三千代は、その心眼というものが、おそろしくなった。

して見れば、刀自のその心眼には、必らずこの学校の儚《はかな》い現状《げんじょう》も、すでに、わかっている筈《はず》――と思うと、さっきの問答《もんどう》が、いまさらに、意味深かった。

困った娘

東京の高輪《たかなわ》の邸《やしき》は、控《ひか》え邸《やしき》だった。

本邸《ほんてい》の間島《まじま》家は、主人、間島源七《げんしち》氏の郷里《きょうり》の街にあった。

その間島家の、一人娘の香世子《かよこ》は、田舎《いなか》を嫌って、小学校だけで、東京の女学校に入る為に、高輪の控え邸に来た。もっとも、それは、間島夫人が都会好きだから、娘と一緒に、

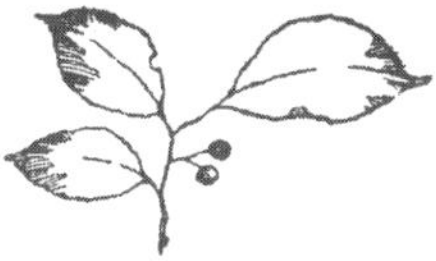

東京住居《とうきょうずまい》の出来るのが、第一の目的だったかも知れない。その母の心に、合《がっ》して、香世子も、むやみと東京の女学校に、入学したくなったのである。

父親の源七氏は、田舎で我《わ》が子《こ》をのんびりと育て、その街の女学校でたくさんという主義だったが、妻と娘の強い主張に、ついに負けてしまった。

そして、高輪の本邸に、奥さんと、お嬢さんが移り、御主人の源七氏は、かえって郷里の本邸に残って、木材業の家業に、精出《せいだ》し、時々上京する時、高輪の控え邸で、妻子に会うという、さびしい生活だった。

ところが、この春、その高輪の奥さんから、不意《ふい》の電報《でんぽう》が、本邸の源七氏に来た。

カヨコノコト、ゴソウダンアリ、イソギオイデネガウ。

「何事だろう——あの娘のための相談とは——まさか、女学校三年生の娘《こ》に、いまからお嫁入りの相談でも、あるまい」

源七氏は、首かしげたが、何より大事な一粒《ひとつぶ》だねの愛娘《まなむすめ》の問題とて、気になってならず、丁度持山《ちょうどもちやま》の山林の伐材《ばつざい》が始まり、人夫《にんぷ》や監督《かんとく》をたくさん山へ出してやっている時で、木材商店の店務の忙しい折だったが、ともかく、番頭役や、支配人に後は任せて、出京することにした。

源七氏は、身一つで、今日《こんにち》の富《とみ》を成《な》した人で、その昔を忘れず、今でもお店で働く折は、盲縞《めくらじま》のきものに、小倉木綿《こくらもめん》の角帯《かくおび》に前垂《まえだれ》かけて、*先《さき》に立って働く。

山に入って、木材のきり出しや、買込《かいこ》みを見にゆく時は、草鞋脚絆《わらじきゃはん》*である。

秋田源七*といえば、すでにこの街で、多額納税者《たがくのうぜいしゃ》の部類に入るが、いくら人におだてられても、県会議員にも何議員にも出ない。無口で黙《だま》って働くが、店に使われている者たちには神様のように慕《した》われている。

その源七氏は、上京する時も、汽車は三等、きものは木綿《もめん》、下駄《げた》は安もの、帽子《ぼうし》は昔はやった鳥打帽子《とりうちぼうし》、*というもの、今で言えば、ハンチングキャップと言うのであろうが、鍔《つば》には、修繕《しゅうぜん》やつぎの羅紗《らしゃ》が当《あた》っているという、不思議なものだった。

その姿で、彼は三等に乗り込む。でも、その顔は、やはりどこか、相当な人物に見える。男の眉も眼も凛《りん》として、青年時代は美男《びなん》だったと思われる——その人が富《と》んで、そして粗《そ》

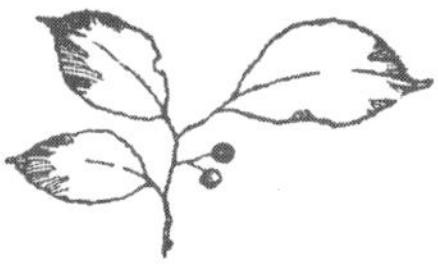

衣《い》粗《そ》帽《ぼう》のいでたち質素倹約《しっそけんやく》――町の人は（源七けちんぼ）と仇名《あだな》をつけているほどだった。

さて、その源七氏が、その日の朝、早い東京行《ゆ》きの列車に乗る。三等車――彼は駅売りの新聞を買った。いくらけちんぼでも、新聞は読む。

その街で発行されている、街の小さい新聞がある。それも源七氏は買った。何故《なぜ》なら、その新聞には、ニュースなど東京新聞の足許《あしもと》にも及《およ》ばぬが、その県下の商取引《しょうとりひき》、木材の価格など、委《くわ》しく報《ほう》じてあるからだった。

源七氏は、そこの記事を、注意深く読み終ってから、三面を開くと、そこに、こんな大きな見出しの記事が出ていた。

汽《き》車中《しゃなか》の捨児《すてご》が慕《した》うお姉《ねえ》ちゃんは、
貞淑女学院《ていしゅくじょがくいん》の新任女教師《しんにんじょきょうし》、

「ホウ、なんじゃ？」

と、源七氏は覗《のぞ》き込《こ》んだ。

　昨日夕刻《ゆうこく》、東京よりの列車中より、この町の駅に、おろされた、可愛《かわ》ゆい五六歳の女の児の車中の捨児があった。ひとまず警察にて保護中、その児は、自分を捨てた母を慕《した》うと同時に、「あのきれいなお姉ちゃん、どこへ行ったの？」と、無邪気《むじゃき》に警官に問うので、何かの手がかりにもと、駅へ問合《といあ》わせ中、乗務車掌《じょうむしゃしょう》の言《げん》にて、その捨児の呼ぶ、きれいなお姉ちゃんとは、偶然《ぐうぜん》その児と東京より同車《どうしゃ》して、この町の私立貞《しりつてい》淑女学院《しゅくじょがくいん》に赴任《ふにん》したる、若き女教師《じょきょうし》、伴三千代《ばんみちよ》女史《じょし》なること判明《はんめい》、同女史は、その捨児の、己《おの》れを慕うを知りて、その児の正当《せいとう》の引取人《ひきとりにん》現《あら》わるるまで、手許《てもと》に保護《ほご》したしと、警察に申し込みしにより、協議《きょうぎ》の上、同女史に哀れな捨児の保護を委任《いにん》する事に決し、その女の児は女史に伴《ともな》われ、女史寄宿《きしゅく》の同女学校々長宅に移れり。

源七氏は、読み終って「うーむ」と、小さくうなった。そして、彼の眼は、その記事中の（伴三千代）という文字に、より深く視線《しせん》を吸《す》い付《つ》けられた。
伴……伴……源七氏は、口のうちで、繰り返しつつ、何か眉《まゆ》のあたりが曇《くも》って、悲しげな男の表情だった。源七氏は、ふところから、古びた二つ折りの革財布《かわざいふ》を取り出した。その中に大きい百円札が五枚、きちんと重ねて入れてある。

源七氏は、汽車が次の駅に止まるのを、待ちかねるようにして、車室から飛び降りた。そこの駅では、貨物車《かもつしゃ》の切替上と、下《くだ》り列車を待つ為に、二十分も時間があるのだった。

源七氏は、駅から馳《か》け出《だ》すようにして、駅前の銀行に入った。

その窓口で「五百円の銀行為替《ぎんこうかわせ》を組んで下さい――××街の支店渡しで……」

この町の銀行の支店が、源七氏の街にあるのだった。その街こそ、貞淑女学院の所在地《しょざいち》でもある。

源七氏は、大いそぎで、つくらせた銀行為替を封筒に入れ、

新聞で拝見《はいけん》の、貴女《あなた》を慕う捨児《すてご》の為にお使い下され度《た》く、こは正しき金銭なれば
御心配《ごしんぱい》なく御用《おもち》い下《くだ》され度《た》く候《そうろう》

と書き入れた、紙片《しへん》と共に封《ふう》をし、表書《おもてがき》には、貞淑女学院長宅内、伴三千代殿――裏の差出人の名は、東京行列車中にて、一旅客《りょきゃく》より、とるしただけだった。

けちんぼ旦那《だんな》は、五百円を無名で、捨児に慕われる若き女教師の許《もと》に送って、さて、ほっと一息《ひといき》、再び駅に馳《か》け入《い》り、上《のぼ》り列車の三等車に、何事《なにごと》もなかった顔をして乗り込んだ。

東京の家

高輪《たかなわ》の、間島家《まじまけ》控邸《ひかえてい》の門の桜《さくら》の蕾《つぼみ》は、もう三分《さんぶ》ほころびかけていた。

それでも、今年は、花の季節が、不順《ふじゅん》で遅れたのである。

源七氏は、上野《うえの》から電車で、品川《しながわ》まで、かなりの、時間をゆっくりかけて、やっと、その門をくぐった。

その門から、玄関までの敷石《しきいし》の両脇に植え込んである竹の落葉《おちば》が、石の上にたくさん散っていた。

「どうも、掃除《そうじ》不《ふ》行届《ゆきとど》きだな」

眉をひそめて、源七氏は、ひとりつぶやき、正面の玄関に入りかけると、用心深く内から鍵が、かかっている。

源七氏は、仕方なく、柱の呼鈴《ベル》を押すと、暫《しばら》く経《た》って、戸が開き、女中が顔を覗《のぞ》かせたが、そこに立っている源七氏の風采《ふうさい》を、うさん臭そうに、じろりと眺めると、頬《ほお》をふくらして、

「何、用なら、あちらの内玄関へ廻って頂戴《ちょうだい》、無心《むしん》*なら一切《いっさい》お断りですよ」

と、きわめて、つっけんどんに言うなり、ぴしゃんと、戸を閉めてしまった。

源七氏は、すっかり面喰《めんくら》った。

「おいおい、わしは、間島《まじま》の主人だよ、旦那《だんな》様《さま》だよ」

と、言ったが、なかには、聞えないのか……

その女中は、この間、新しくこの邸へ傭《やと》い入《い》れられた者らしく、まだ郷里《くに》の本邸《ほんてい》の、御主人様、源七氏の顔を一度も見知らなかったのだ。

源七氏は、苦笑《にがわら》いしつつ、植込《うえこ》みの向うの、内玄関へ廻って、格子戸《こうしど》を開けて、上り込《あがこ》んだ。

その足音に、すぐ傍《そば》の勝手から、出て来た、これは古くから郷里《くに》から来て、ここに奉公《ほうこう》している女中が、吃驚《びっくり》して膝をつき、

「あら、旦那様、いつお着きでございましたか？　うっかりして、お出迎《でむか》えも致《いた》しませんで……」

と、恐れ入った表情をした。

「いや、出迎えなど、いらんよ、此処《ここ》へ来る道には、迷わん」

源七氏は、あっさり言いすてて奥へ行《ゆ》きつつ、

「奥さんも、香世子《かよこ》もおるかい？」

と問うと、その女中は、困った表情をして、

「はあ、お生憎《あいにく》、今日一寸《ちょっと》お出ましなんで、ございますよ」

と、もじもじした。

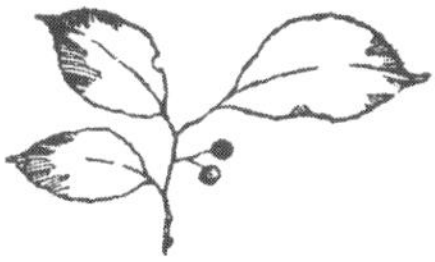

「困った、母親と娘じゃ、折角《せっかく》、わしを電報で呼んで置きながら、いったい、なんのこっちゃ」

と、さすがに、不機嫌《ふきげん》になって、奥座敷《おくざしき》へ入った。

勝手の戸の蔭《かげ》に、隠《かく》れて、さっきから、この様子を、息を詰めて見ていた、さっき玄関へ出た、新参《しんざん》の女中は、

「へえ、あの方が、ここの旦那様なの！　まあ、驚いた。私、そうとも知らず、お玄関で、ルンペン*と間違えて、断っちゃったの、どうしましょう」

と、泣き声を出した。

「まあ、そうだったの――そいつは、ちょいと困ったわね。でも、ルンペンと間違えられるのも無理ないわよ、なにしろ、ここの、奥様やお嬢様からは、あの旦那様は、とても、想像出来ないんだものね」

「ほんとよ――でも、私は、どうせ後で、大叱《おおしか》られに、叱り飛ばされて、お暇《ひま》が出るに*、きまっているわね」

新参の女中は、もう覚悟《かくご》したらしい。

「あんたも、今日は、運が悪かったわけねえ」

古参《こさん》の女中は、慰《なぐさ》め顔《がお》で、茶道具《ちゃどうぐ》を揃《そろ》え、

「まあ、このお茶を、旦那様のとこへ、持って行って、お詫《わ》びしてごらんよ、仕方がないから」

「いやよ、私怖《こわ》くって、そんな事出来ないわ」

お茶のお盆《ぼん》を持ったまま、新参の小娘の女中は、ガタガタふるえている。

「だけど、どうせ、あとで呼び付けられて叱られるより、今のうちに、こっちから、お詫びしておく方が、いいよ」

女中さん同志の友情に、励《はげ》まされて、小娘の女中は、大いに勇気を振るい起こして、やっとのことで、奥のお座敷《ざしき》へお茶を運んで、恐る恐る顔を伏せて、源七氏の前へ、お茶を出しつつ、

「先程《さきほど》は、まことに、飛んだ失礼を……」

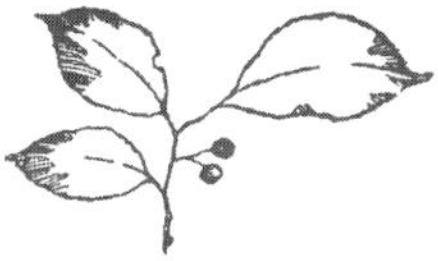

と、畳《たたみ》に、額《ひたい》を摺《す》りつけると、

「ハハハハハ、今度から、わしの顔をよう覚えて置きなさい――ハハハハハ、まったく、さっきは面白かった。自分の家《うち》へ入るのを断られたのは、わしも初めてじゃハハハハハ」

源七氏は、何事も無かったように、ほんとに、面白げに、磊落《らいらく》*に高笑いするのだった。

「す……すみません」

小娘の女中は、意外にお小言《こごと》が無かったので、感泣《かんきゅう》した声を出した。

「ハハハハ、もう、あやまらんで、いいいい、それでよしよし、うちの娘の香世子《かよこ》なぞは、我儘者《わがままもの》で、親を困らせおるのに――お前たちは、親の手許《てもと》を離れて、こうして、他人の家に、奉公しているのじゃ、それを思うと、気《き》の毒《どく》で、わしは叱る気には、ならん」

源七氏は、言う。

小娘の女中は、はっと顔をあげて、思わず主人の顔を見詰めた――すると不思議にも、さっきは、ただのじじむさい*、ルンペンの様に見えた、その同じ人が、今は忽《たちま》ち、世にも、慈悲深《じひぶか》い人格者《じんかくしゃ》に、しみじみ見えて来るのだった。

謹《つつし》んで、一礼して小娘女中《こむすめじょちゅう》は勝手元《かってもと》へ、引きさがって来たが、その両眼《りょうがん》に、しおらしい涙をいっぱい溜《た》めて、古参《こさん》の女中さんに告げた。

「うちの旦那様は、よっぽど偉い人なんですね！」

「お郷里《くに》じゃ、材木屋さんなんだよ！」

古参の女中は、大臣か代議士で、なければ、偉いとは言われぬものと、思っている。

香世子とその母

春日遅々《しゅんじつちち》——という通り、春の遅い日暮れが、その邸の庭の木立《こだち》にこめて来るほど源七氏が、そこに坐ってから、かなりの時間が、経過《けいか》したが、まだ、奥さんの辰子《たつこ》夫人と、お嬢さんの香世子は、帰って来ない。
「まったく、こうして、二人の帰りを待つのは、無駄《むだ》な時間の消費《しょうひ》だ——時は金なりと言うのに……」

源七氏は、苛々《いらいら》している。

その無駄な時間を、せめて有効《ゆうこう》に使う為にと、立ち上って、いきなり庭に出《い》で、箒《ほうき》を取り、門口《かどぐち》の竹の落葉を、綺麗《きれい》に掃《は》き出《だ》した。

そして、源七氏が、裾《すそ》をはしょって、せっせと、竹箒を動かしていた時——

その門前に、自動車の音がして、辰子夫人と、香世子の、着飾《きかざ》った姿が門内《もんない》に現われた。

「まあ、貴方《あなた》、そんな下男《げなん》*のような、みっともない真似《まね》なさらないで下さいよ、浅《あさ》ましい*」

辰子は、良人《おっと》の庭を掃く姿を、浅ましがって、傍により、手で制《せい》した。

「わしは、もうとっくに、東京に着いているのに、お前たちは、出かけて留守《るす》じゃ、わしは、手持不沙汰《てもちぶさた》で、何も出来ん、何も仕事をせずに、じっとしていると、わしの身体《からだ》は、腐《くさ》ってしまうようじゃ、だから、庭を綺麗《きれい》にしていたのじゃ」

「そんなことは、植木屋を呼べば、すぐ出来ますよ、ねえ香世ちゃん、お父様は、どんなにお願いしても、わざと、変なりをなすったり、下男みたいに、ちょこまかなさるんだもの、お母さんが愚痴《ぐち》を言うのも、無理《むり》が、ないでしょう」

「ほんとよパパ、私、ママに、とても同情するわ、うちのパパと来たら、ちっともスマートな紳士《しんし》になって下さらないんですもの、学校のお友達のパパ達みんな素敵《すてき》よ！」

お父様いらっしゃいまし――と挨拶《あいさつ》もせず、まず香世子は、ママの肩を持って、母と娘同盟で、父を総攻撃《そうこうげき》だった。

「よしよし、わかったわかった、それでは、ともかく、お前たちが帰って来たから、下男の真似《まね》は、廃業《はいぎょう》しようか」

と、源七氏は、箒《ほうき》を置いて、家のなかに入った。

そして――やがて、父と母娘《おやこ》三人は、奥座敷で、久しぶりの対面となった。

「早く聞かせてくれ、あの電報のカヨコノコト、ゴソウダンアリ、イソギオイデネガウ――とは、何の御相談が、持ち上ったのかね、香世子のことで――」

源七氏は、まず何より、それを聞きたい。

「香世子の学校の問題なんですよ、貴方《あなた》」

辰子が、口を切った。

「うむ、学校のことか、そうじゃろう、お嫁入りの問題は、まだ早過ぎると思ったわい。して、その学校が、どうかしたのか?」

源七氏は、気にかかる。

「はあ、それが、あの学校は、ほんとに、失礼な学校ですよ、ああして入学させて置きながら、今更《いまさら》香世子を落第《らくだい》させたりして、ほんとに失敬《しっけい》な!」

辰子の肩は、怒《いか》りに奮《ふる》えた。

「ママ、落第じゃないわ、原級《げんきゅう》に止《とど》める*っていうのよ」

それまで、黙《だま》っていた香世子が、わが名誉《めいよ》を、かばう為に、一言《いちごん》発言した。

「なるほど、原級に止まって、もう一度学課のおさらいを叮嚀《ていねい》にするのもよかろう、そうなさい、香世子」

父は、少しも驚かず。

「貴方まで、そんな呑気《のんき》な事を、おっしゃっちゃ、困りますよ、誰が、大事な娘を、みすみす落第させられた学校へ、おめおめと又通わせられますか？　香世子は決して落第しなきゃならないような馬鹿な子ではないのですから」

「じゃあ、いったい、どうすれば、いいのかね？」

源七氏は、冷然《れいぜん》とした態度だった。

「ですから、その御相談に、来て戴いたのですよ——もう、こうなれば、どこか外《ほか》の女学校へ、無理にも、転校させるより、仕方ございませんよ。広い東京ですもの、まだ、いくらでも女学校は、ございますからね。ねえ、香世ちゃん」

母は、眼に入れても痛くない、娘を振り返る。

「ええ、私もうあんな女学校、いやよ、それにもう二年も通ってそろそろ倦《あ》きていたんですもの、今度違った女学校へ変るのも、気分が新鮮《しんせん》になって、いいと思うわ」

香世子は、落第生にも、似合《にあ》わず、口だけは、どうして、立派《りっぱ》に一人前だった。

母も娘も、傲《おご》れる孔雀《くじゃく》の母娘《おやこ》のように相似《あいに》た、はでな顔立ち、姿だった。

「わしは、転校は絶対反対じゃ、東京の女学校なら、やはり今の女学校を続けるならともかく、転校はいかぬ。だが、もし、どうしても、転校したければ、香世子の生れた郷里《くに》の町の女学校に、転校しなさい、それなら賛成する」

源七は、きびしく申し渡した。

「おお、いやだ、あんな田舎っぺいの女学校、私いやよ！」

香世子が、わざと、身ぶるいして見せた。

「そんなら、落第した学校へ又行《ゆ》きなさい！」

源七氏は、兵隊さんの号令《ごうれい》のような、声だった。

「いや！　いや！　あんな憎《にく》らしい学校へ、誰が、もう行ってやるもんですか！　いい気《き》味《み》だわ、月謝が一人分取れなくなって」

香世子は、妙《みょう》なことを言って怒っている。

辰子も可愛《かわ》ゆい娘の一大事《いちだいじ》とばかり、深刻《しんこく》な表情《ひょうじょう》で、考え込んでいたが、

「香世ちゃん、どうしても、パパが、ああおっしゃるんじゃ、仕方がありませんよ、女学校卒業するまで、お郷里《くに》の町の女学校で、我慢《がまん》したら、どうです、なあに、地方でも、県

立なら設備《せつび》もいいしね」

　こう言い出した時、傍から父の源七氏が、

「落第生は、県立でも入れてくれまい——それより、貞淑女学院《ていしゆくじよがくいん》の三年級に編入《へんにゆう》して貰ったらどうだ、そんなら、落第が取りかえせるぞ」

「えっ、貴方、あんな評判の悪い山師《やまし》＊の学校へ、この子を入れようって、おっしゃるんですか、あんまりですよ」

　と、怨《うら》めしい顔で、良人《おっと》を睨《にら》む。

「潰《つぶ》れかかった女学校なればこそ、この香世子に、ふさわしいのじゃ、落第した香世子も、いわば潰《つぶ》れかかった女学生じゃないか」

「パパの意地悪《いじわる》！」

　香世子は、口惜《くや》し涙《なみだ》を、ポロポロこぼす。

「香世子にくらべれば、貞淑女学院なぞまだしも立派な学校じゃ、それに、今年の春から、あの学校へは、心の優しい、若い、女の先生が赴任された筈じゃ、わしは、そういう先生のいる女学校へ、香世子を入れて、少し感化《かんか》させて貰いたいと思っている」

源七氏は、今朝《けさ》の車中で読んだ、伴三千代が、捨児にお姉ちゃんと慕われる記事によって、その貞淑女学院に、娘を転校させる決意《けつい》が、ついたのであろう。

「私、あんなお粗末《そまつ》な学校へ、入るくらいなら、いっそ死ぬことよ！」

香世子は、父と母を、威嚇《いかく》した。

「死ぬよりは、あの学校へ転校した方が、よいと思うがね、まあ、今夜ゆっくり考えて、ごらん、わしは、深川《ふかがわ》の木場《きば》まで、一寸《ちょっと》取引の用があって、出かける」

源七氏は、食事もせず、家庭の用談がすむと、さっさと、出かけてゆく。

今日は、母の情《なさけ》で、落第慰安《らくだいいあん》の為、少女歌劇《しょうじょかげき》*を観て、悠々《ゆうゆう》と帰った香世子は、そこで、父から、貞淑女学院入学の命令を受けて、すっかり悲観《ひかん》して、しくしくすすり泣く。

その娘を、そばから手巾《ハンカチ》で拭《ふ》いてやる、甘い甘い母は、

「まあ、いいよ、貞淑女学院だって、なんだって、もう落第させられない学校へ、入る方《ほう》が、気楽《きらく》でいいじゃないの」

と、へんな励《はげ》まし方をしている。

「じゃ、ママ、私、あの貞淑女学院に、思い切って入ろうかしら? その代り、ねえママ。パパにお願いして、東京から自動車とピアノは是非《ぜひ》持《も》って行《ゆ》かせて、あんな、さびしい田舎、自動車で時々ドライヴでもしないと、退屈《たいくつ》で病気になるわね、ママ」

「ああ、いいとも、香世ちゃんが、お郷里《くに》の学校に移れば、ママも、どうせ、くっついて帰るんだから、ここから、なんでも持って行《ゆ》きますとも、御褒美《ごほうび》に、なんでも、してあげますよ」

それで、すっかり御機嫌《ごきげん》をなおした、香世子が、にっこりして、

「ねえ、ママ、あんな潰《つぶ》れかかった女学校へ、私入ったら、断然《だんぜん》校中一に光って、ナンバーワンのスターみたいで騒《さわ》がれるわねぇ、きっと、ホホホホ」

「そうともそうとも、まるで学校が引っくり返る騒ぎでしょう。なにしろ汚《きたな》い掃溜《はきだめ》に美しい鶴《つる》が舞《ま》い降《お》りたようなものだからねえ、ホホホホ」

自分の娘を、世にも気高《けだか》く美しい鶴と、信じている母の言葉に、今泣いた烏《からす》が、俄《にわ》かに

笑い出した如き香世子は、嬉《うれ》しがって、

「あんな学校へ入るのも、ちょっと、私楽しみだわ、うんと、いばってやれるんですもの」

と、まったく楽しそうに、希望《きぼう》に満《み》ちた眸《ひとみ》を輝《かがや》かして、大《おお》ニコニコだった。

始業式

貞淑女学院《ていしゅくじょがくいん》の、新学期《しんがっき》の日となった。

その学校に、まだ講堂《こうどう》はないので、全校の生徒を集める時は、二つの教室の間《あいだ》の境の戸を取り払って、広くし、そこを仮の講堂代りに使うのだった。

「講堂は、いずれ将来、すばらしい近代的な立派な奴を、堂々と建てたいと思いましてな、もう設計図も、わしが、あらかた作っていますが、まあ、そのうち、わしの発見の金鉱が、ものになるまで、楽しみに待っていて下さい」

校長は、三千代に、未来の講堂について、一言《いちごん》、あまり当《あて》にならない予告をされた。

その始業式の日、職員室に先生たちの顔が揃った。

どの先生も、たいていお年齢《とし》を召《め》していらっしゃった。そして先生の数は、とても少かった。裁縫家事《さいほうかじ》*の先生が、二人。これは勿論《もちろん》、女の先生。お習字と国語、日本歴史も兼《かね》て教えられるのが、男の老先生。昔の剣術《けんじゅつ》の先生みたいに、白い顎髯《あごひげ》が下つぼまりの、三角型に垂《た》れている。

数学の先生は、校長先生と大親友で、北海道の金鉱発見まで、苦楽《くらく》を共にし、その会計主任《しゅにん》を預《あず》かったという人――お酒呑《さけの》みらしく、鼻の先が、チョッピリ赤かった。

「我輩《わがはい》も、この校長が成功の暁《あかつき》は、何十万《なんまん》という出納《すいとう》を、帳簿《ちょうぼ》にしるすつもりでしたが、今は雌伏《しふく》して、毎日黒板に白墨《チョーク》で、つまらん数字を書いて教えています。何しろ代数と幾何は、少々忘れていましてね、この先生も辛いです」

と、心細《こころぼそ》いことをおっしゃる。

それから、大切なお修身《しゅうしん》*の先生は、元校長の老刀自《ろうとじ》が、盲《めしい》の身《み》となられて、校長の職こ

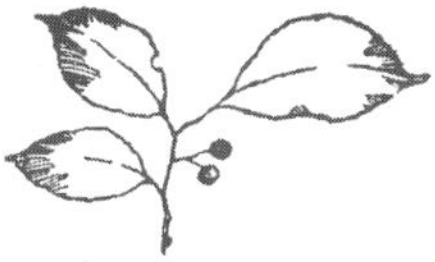

そ、息子に譲《ゆず》られたが、その息子の校長先生のお修身のお話は手頼《たよ》りなく、御自分で修身だけの時間には、あの奥の静かな座敷から、校長夫人に手を引かれて、教室に立たるる事になった。

そんなら、現在の校長先生は、何を教え給《たま》うかと言うと、これが理科の先生。一年二年生の、植物、動物、から、鉱物、三年の化学、四年の物理——を、お受持《うけも》ち、但《ただ》し、教科書は、そっちのけで、金鉱のお話に、熱をあげられるのではないかと——三千代は、想像した。

音楽、これは言うまでもなく、校長夫人の立派な御専門。その外《ほか》に、この人手《ひとで》のすくない学校とて、英語も受け持っていられる。校長夫人は、音楽の才《さい》と共に語学の才もあり、かつて以前は、本格的の歌劇《オペラ》の歌手への望みを持たれて伊太利語《イタリーご》まで熱心に、御勉強になられた事とて、この学校の程度の英語は、夫人で間に合うらしかった。

次に、今度新たに赴任の三千代は、国語と地理の担任。それに上級の東洋史と西洋史、一人でなかなか急《いそ》がしい、眼のまわる課目時間が振り当てられる。これでは、ろくに職員室の椅子に、腰かけて休息の余裕《よゆう》もないようである。

それから、体操の先生と、図画の先生は、フリーランサー*で、その時間のある時だけ、出かけていらっしゃる。——だから、始業式の日には、お見えにならなかった。

これが、全部の先生だった。

三千代は、その日、まず職員室で、皆《みな》の先生に、校長から紹介され、御挨拶《ごあいさつ》のお辞儀《じぎ》をした。

「ああ、捨児《すてご》をおひろいになりましたそうで——」

たいていの先生が、まずそう三千代に、挨拶された。すでに新聞で、伴三千代の名は、この街中に、いちどに有名になり、印象を与えたのである。

「同じひろうにも、捨児はつまらんですな、大金入りの財布でも、ひろわれると、落し主から、少なくも、一割ぐらいの謝礼《しゃれい》が貰えるのになあ、アッハ……」

と、赤鼻の数学の先生が、無遠慮《ぶえんりょ》に言われた。

「ところが、君、その捨児のお蔭で、伴先生の手許《てもと》へ、いきなり大枚《たいまい》五百円が、舞い込んだんだよ、だからつまり五百円の大金をひろわれたも同然じゃよ、アッハ……」

校長先生が、横合《よこあ》いから、口を出された。

「ホウ、それは、伴先生御赴任早々、いい福の神が、舞い込みましたな、ひとつ奢《おご》っていただきましょうか、アッハ……」

赤鼻の数学先生は、とかく、えげつない事をおっしゃる——三千代は、情《なさけ》なくなる。

「いいえ、そのお金は、捨児の養育費《よういくひ》にと、匿名《とくめい》の慈善家《じぜんか》が、お送り下すったものですから——私自身のものでは、ございませんの」

三千代は、その点、大いに、はっきりさせる必要を今更に感じた。

「嗚呼《ああ》、徳《とく》必《かなら》ず孤《こ》ならず！＊とは、まことで、ありますな！」

白髯三角型のお習字の老先生が、いきなり感歎《かんたん》の声を、おあげになった。

「まあ、そんな情深い、慈善家は何処《どこ》の方でしょう？」

お二人のお裁縫の先生が、異口同音《いくどうおん》におっしゃった。

「それが、匿名で、一切《いっさい》身許《みもと》も名も、何人《なにびと》か、わからんです。まったく神秘《しんぴ》な事件ですなあ」

校長が、首をかしげた。

そこへ鐘が、ガランガランと、響き渡る。

いよいよ、始業式の時間である。

捨児の先生

生徒は、もうぞろぞろ仮の講堂《こうどう》へ入る。

校長を先頭に、先生方も、正面の講壇《こうだん》――（教壇の机に、卓子《テーブル》掛《か》けをかけたもの）の脇の椅子《いす》に着く。

三千代は、そこで、この学校の全生徒の集まった姿を、初めて間近《まぢか》く眺めた。なるほど、生徒の数は少なかった。

学校は、確かに貧弱《ひんじゃく》だが、生徒の顔必《かなら》ずしも貧弱というわけではない。やはり世の常《つね》の少女に変りない。制服《せいふく》の処女《しょじょ》*の姿《すがた》！

みな元気で、いきいきと、幼い若さの春に、溢《あふ》れた姿だった。ただ、どこか、全体、訓《くん》練《れん》が行《ゆ》き届《とど》かないのか、神聖な講堂のなかに着席《ちゃくせき》しても、きょときょとしている。と、三千代は思ったが、そのきょときょとの原因は、自分にあることに気《き》が附《つ》いた。何《な》故《ぜ》なら、生徒たちは、新任の若い先生、三千代の方を、きょときょとと皆いっせいに見詰《みつ》めているのだったから……。

校長が、始業式の訓示《くんじ》に、壇に立っても、全生徒の視線は、相変らず、三千代——伴先生に集まる。

校長は（この新学期から、いよいよ学校の内容を充実し、この街の女子教育の先駆者《せんくしゃ》としての、輝く伝統ある学校として、更に発展《はってん》させる決心である——よろしく諸嬢《しょじょう》も、この光輝《こうき》ある学院の生徒として、御勉強御奮励《ごふんれい》を願《ねが》う……）と、ちょっと、政治演説めいた口調での、訓示がある。

それが終ると、四年生の代表者が、一人しずしずと進み出て、新入生歓迎の辞《じ》を述《の》べる

——（このところ、始業式と入学式を、一緒くたにやって片附《かたづ》けるなど、確かに金鉱校長のお考えらしい）

「新入の皆様をたくさん、お迎えして嬉《うれ》しく存じます。私どもは、この小さい可愛《かわ》ゆい、たくさんの妹のために、よい親切《しんせつ》なお姉さまとして、仲よく御一緒《ごいっしょ》に、今日《こんにち》から勉強してまいるつもりでございます……」

まず、ざっと、こんな意味の御挨拶《ごあいさつ》をして、一礼して後、自分の席に帰ってゆく。

すると、今度は、前の列に押しならんでいた、新入一年の席から、一人はしっこそうな、眼のつぶらな少女が、今朝《けさ》服屋からボール箱*に入ってやっと届いたばかりのようなホヤホヤの制服を着込んで、これも新しいお靴で、いそいそと進み出《い》で、

「私どもは、この立派《りっぱ》な女学校に、入学許された事を、心から喜んでおります。かねがね、是非《ぜひ》この学校に入りたいと、希望しておりました……」

そこまで、朗読口調《ろうどくくちょう》で新入代表さんが、述べ立てた時、前列のおしゃまな新入生達の顔には（それ、どうかと思うわ）という表情が、ありありと、浮かんだ。

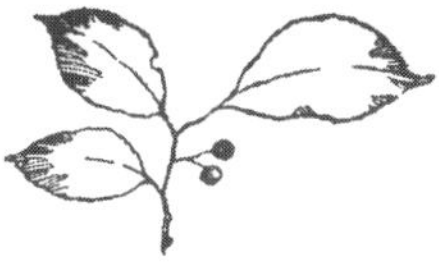

それは、おそらく心中ひそかに（県立おっこちて、仕方なく、ここへ入ったんだわ）と、考えたからであろう——と、伴先生は、早くも新入生の心理状態を診断《しんだん》した。

「私ども、この学校に御新任の伴先生が、汽車中で、捨児をおひろい遊ばし（笑声湧《しょうせいわ》く）たという、新聞記事を読みまして、ますますこの学校の先生に敬慕《けいぼ》の念を抱《いだ》き……」

新入生の真面目な、かたくなって一生懸命《いっしょうけんめい》の口調に、当の伴先生は、真赤《まっか》になって、うなだれてしまう。

「先生のお教えに従い、学則《がくそく》をよく守り、上級のお姉様方の、御指導《ごしどう》を得《え》て、及ばずながら、我々幼稚《ようち》なる新入生も、一日一日知識を、大《おお》いに磨《みが》いて参りたいと……」

なかなか、あっぱれの、おしゃまの御挨拶に、上級生が、クスクス笑い出した。

やがて、それが終ると——校長が、再び壇上《だんじょう》に立って、今度は、いよいよ伴先生の紹介があった。

「伴先生は、偶然《ぐうぜん》、私の妻の（笑声、生徒面白がって笑いうごめく）昔の教え児でありまして……」

から、言葉が始まった。

次ぎに、三千代の立って、しゃべる番。

「私が、只今《ただいま》、校長先生の御紹介下さいました、伴でございます。そして、先程《さきほど》、新入の方が、早くも御敬慕《ごけいぼ》下さいました、捨児をひろった先生で、ございます――」

生徒が、どっと嬉しがって、笑いと拍手を送った。

先生就任《しゅうにん》の御挨拶として、少々脱線の気味でもあったのか白髯《しらひげ》三角型のお習字の老先生など、唖然《あぜん》としておられた。

ともかく、それで、どうやら、貞淑女学院の、始業式、入学式、先生の就任披露《ひろう》の三つは、無事《ぶじ》めでたく終了した形だった。

「いや、伴先生の捨児の一件で、確かに、本年の入学率は、よかったですよ」

と、校長は新入生を、たくさん、ひろって、お嬉しそうに、大声をあげられた。

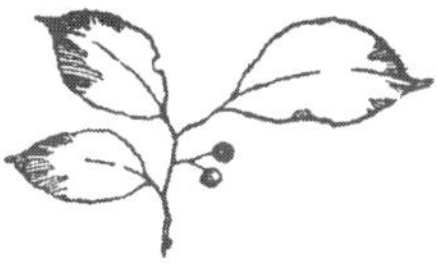

転校生

三千代は、三年の組を、担任した。

生徒の数は少ないから、三年も一級だけだった。

その組の新学期の最初の時間が、国語――三千代は、教壇に、初めて登《のぼ》った。

国語読本《どくほん》の巻《まき》五――もう、すでに、よく教材を調べ終えていたので、心が落《お》ち着《つ》き、楽しい気持で、小さい妹たちに、物語《ものがた》るように話せた。

その巻五の、読本の第一課は「春うごく」と、題された、長塚節《ながつかたかし》の長篇小説『土《つち》』の中から、抜萃《ばっすい》された一節だった。

その文章の上欄余白に、（長塚節、小説家、歌人《かじん》、茨城県《いばらきけん》の人、大正四年歿《ぼっ》、年三十七）と記載《きさい》してある――それに、更《さら》に、三千代は自分の知識を加えて説明した。

「長塚節――この小説家のお名前は、皆様は、あまり御存《ごぞん》じないかも知れませんね、何故なら大正四年――皆様の生れる以前に、短い生涯《しょうがい》を、すでに終っておしまいになったのですから。この方は、茨城県の大きな農家《のうか》に生れて、竹林《ちくりん》の栽培《さいばい》、農作物《のうさくぶつ》の改良等《かいりょう》にも熱心にお働きになって、その傍《かたわら》、たくさんの、すぐれた歌や、小説をお書きになった方です。そして、旅行がたいへんお好きで、その簡潔《かんけつ》な紀行文《きこうぶん》も、たくさんお描きになりました。この読本に載せてあります、文章は、新聞小説として、お書きになった長篇の一節でして、その小説の題は『土』と言うのです。その小説を、夏目漱石《なつめそうせき》――みなさまも、お名前は御存じでしょう、これも、お亡くなりになった偉《えら》い文豪《ぶんごう》です。その漱石が《この小説『土』は、自分たちの娘が、大きくなったら、是非読ませてやりたい》とおっしゃったと、伝えられております。それは、おそらく、この小説のなかに、貧しい農家に育った、母の無い姉弟《きょうだい》――その姉のおつぎという、貧しいなかにも、若い娘の愛と献身的《けんしんてき》な純情《じゅんじょう》を失わずに、父、弟に尽《つく》す、健気《けなげ》な娘が、胸にせまるように、書いてあるので、漱石先生も、御自分のお嬢様に、そうした〈人生〉のあることを、お知らせになりたかったからだと思います――では、私たちは、今から、そのすぐれた小説の一個所の文章を、よく味わい、考え、研究してゆきましょう――さあ、誰方《どなた》か一人、読んで戴《いただ》きましょう」

　三千代の言葉を、眼をつぶらに張って聞いている生徒たちのなかから前列窓ぎわの、お利口《りこう》そうな一人を指名すると、立ち上って読む。

「春は空から、土から微《かす》かに動く、毎日の様に西から埃《ほこり》を捲《ま》いて来る疾風《しっぷう》がどうかすると、はたと、とまって、空際《そらぎわ》に、ふわふわとした綿《わた》のような白い雲が、ぽっかりと暖《あたたか》い日光を浴《あ》びようとして――」

　そこまで、生徒がすらすらと読み続けて、行った時、廊下《ろうか》に賑《にぎ》やかな足音がして、教室の扉《とびら》が開《あ》き、校長と共に現われたのは、この学校の生徒と違った雰囲気《ふんいき》を、都会風に、たっぷり全身にしょい込んだ、制服の少女と、そして、宝石の指輪《ゆびわ》や、帯止《おびど》め、はでな装《よそお》いに、ブルジョア*の証明をさせている、見知らぬ中年の夫人だった。

「伴先生――御教授中ですが、只今《ただいま》、こちらへ転校の生徒が来られたので、お願いします」

　と、校長が大声で言われた。それで、折角《せっかく》読みかけの国語読本は中止となり、三千代は教壇を降りた。

「この方は、この街の間島家《まじまけ》の令嬢《れいじょう》、香世子《かよこ》さんで、この度《たび》、東京の女学校から、ここへ転校御希望なので、その御入学を迎えたわけで、この三年級に編入して戴きますから、伴先生よろしく万事《ばんじ》お願いします」

校長は、この間島家のお嬢さんに、単に生徒に対する以上の敬語《けいご》をさえ用いた。

「私が、母でございます——この娘《こ》の健康上——閑静《かんせい》な空気のよろしい田舎へ転地《てんち》の必要が生《しょう》じまして、幸《さいわ》いこの街に本邸が、ございますので、こちらの学校へお願いいたします。よろしく、どうぞ」

間島夫人は、三千代をじろりと見て、どこか横柄《おうへい》な口調で挨拶された。

「私、担任の教師でございます。及ばずながら、この級の皆様と同じように、今日から、責任をもってお預《あず》かり申し上げます」

三千代も、厳粛《げんしゅく》に、挨拶を返した。

——皆様と同じように——が間島夫人のお気《き》に召《め》さない様だった（特に念入《ねんい》りに、お宅のお嬢様は、お大切にお扱い申し上げます）で、なければ、いけなかったらしい。

「で、この子のお机の席は、どこになるのでしょうか？　この娘《こ》は、身体《からだ》が、弱いのですから、どうぞ、そのおつもりでなるべく、空気の流通《りゅうつう》のよろしい、太陽の光線の当る窓ぎわに、お席をきめて戴《いただ》きます」

と、きびしい命令口調――三千代は、呆《あき》れて、その夫人の顔を見詰めた。

すると、校長が、わきから気をもむように、

「伴先生、では、前列の窓ぎわ――に、席をきめてあげて下さい」

と、その窓ぎわを指したが、生憎《あいにく》その窓ぎわの机はさっき、国語読本を朗読《ろうどく》しかけて、突然《とつぜん》の闖入者《ちんにゅうしゃ》に、中止した生徒の席だった。その賢《かしこ》そうな生徒の名は瀬川《せがわ》と言う。

「いずれ、お席のことは、クラスの皆様と相談して、御希望に添《そ》うように誰方《どなた》かに、窓ぎわの席を、ゆずって戴きましょう――ですが、只今《ただいま》は授業中でございますから、取《と》り敢《あ》えず、空《あ》いているお机へ、おつきになって下さいませ、あすこが、丁度《ちょうど》一つ空席でございますから……」

と、三千代が、指さしたのは、その教室の一番片隅の、紙屑籠《かみくずかご》のある近くの、一つぽつんと空《あ》いている席だった。間島夫人の、眉《まゆ》がついとあがった。いきなり、愛嬢香世子の手を引っ張るように、取って、

「では、この子の為に、よい席を決めて戴きましてから、又改《あらた》めて登校させることに、いたします」

と、言うなり、肩を張って教室を出《で》て行《ゆ》かれる。そのあとを慌《あわ》てて、校長が、あたふたと追って出る。三千代は、教壇に再び登って、

「瀬川さん、では、あとの続きを、読んで下さい」

と、冷静に――何事もなかったように言った。

――その時、何か一種の感動的な空気が、級の全生徒に湧《わ》き上《あが》った。ひとしく、彼女たちの眼は、「我等《われら》の憧《あこが》れの優《やさ》しき英雄《えいゆう》」を仰《あお》ぐように、教壇に立てる、眉《まゆ》うら若き教師に集まった。

立ち上った、瀬川さんの朗読《ろうどく》の声は、更にひとしお、緊張味《きんちょうみ》を帯《お》びていた。

「――水に近い湿《しめ》った土が暖《あたたか》い日光を思う一杯に吸《す》うて、その勢いづいた土の微《かす》かな刺戟《しげき》を根に感ぜしめるので、田圃《たんぼ》の榛《はん》の木の地味《じみ》な蕾《つぼみ》は、目に立たぬ間に、少しずつ伸びて、ひらひらと……」

少女の声のひびき渡る、その春の教室の窓の外、校庭の桜の花が、ヒラヒラと――蝶《ちょう》のように散《ち》ってゆく。

打ちあけ話

校長室――それは職員室と壁一重《かべひとえ》のお隣りだった。

そこへ、伴先生は呼ばれた。

校長室の壁には、校長さんが発見したままに、置いてあるという、北海道の金鉱《きんこう》（？）の山の写真を、大きく引き伸《の》ばしたのが、額《がく》に入れて、かけてある。

その下の机の前の、廻転椅子《かいてんいす》に、こしかけている校長は、女学校の校長というよりはどうも、やはり金鉱会社の社長さんが、ふさわしげだった。

「校長先生、なにか御用《ごよう》でございますか?」

伴先生が、一礼すると、

「やア、お呼びだてしたのは、ほかでもないが、そのオ——」

金鉱校長は、ここで言葉を切り、廻転椅子を、ギイと鳴らして、向きなおり、

「さっき、貴女《あなた》の受持《うけもち》の級《クラス》へ、編入される、転校生の、あの間島《まじま》の娘《むすめ》ですが——」

母夫人の前では、間島家の令嬢も、校長室では、単に間島の娘と下落《げらく》した。

「はア、間島香世子さんでございます」

「左様《さよう》、その香世子という娘——父親は、間島源七と言って、この地方きっての、富豪《ふごう》で、大きな木材商《もくざいしょう》ですよ、だが、なかなかのシマリ屋さんで、人呼んで源七けちんぼというほどでしてねえ——」

「ホ……」

(源七けちんぼ)とは、なんとなく可愛《かわい》げなあだなだと、伴先生はおかしかった。

「だが、ともかく金持ちは金持ちでな——その一人娘が、あの香世子というんだが、それが転校することになって、さっき貴女も会われた、あの間島夫人が連れて来られたのだが、我儘《わがまま》夫人で、自分の娘の教室の席を、そのなんとか言っとったねえ?」

「——身体がよわいから、空気の流通のよろしい、太陽の光線の当る窓ぎわに——とおっしゃいました」

「左様《さよう》左様。まるで保養地《ほようち》のホテルの部屋をきめるような文句《もんく》を言いおった——そこです——伴先生——貴女《あなた》、うまくそうした席をあの生徒へきめてやって下さらんか!」

校長は椅子を立ち上って、うしろに手を組み、卓子《テーブル》のまわりを、散歩《さんぽ》でもするような、恰好《かっこう》でぶらりぶらり歩き廻る。

「はあ、生憎《あいにく》その前列の机の席は、もうふさがっておりますが——教室の席順は、学期毎《がっきごと》に、脊《せ》の順か、なにかで決定したものと存じますけれど」

「そこを——特別御配慮《ごはいりよ》願いますな」

「只今《ただいま》も、級《クラス》の生徒一同で相談《そうだん》して、あの転校の方に、適当《てきとう》な席をあげるように、きめてから、私の手許《てもと》へ、その相談の結果を報告して来るように、申しておきました——私は担任の教師とは云《い》え、なるべく、級《クラス》内のことは、生徒自身で、自治制度《じちせいど》にきめさせてゆきたいと、思っておりますから、——あの級も、もう三年生でございますので……」

新任の若い女の先生の言葉に、いちいち感心したように、うなずいた校長は、

「左様左様、もっともで、級の自治制度、それは大いに生徒自身の独立した判断力を養成《ようせい》する上にも、結構《けっこう》で大いによろしいです——が然《しか》し、その生徒一同の相談の結果が、あの転校生に反感《はんかん》を抱《いだ》いて、もっとも悪い教室の片隅の机をぽつんと、当てがうなどと云うことになっては、こりゃあ大変ですぞ、伴先生」

「ホ……それほど、私の級の生徒——あの少女たちが、皆『いじわる』とは、思えません」

伴先生は、その点、安心もしていたが、又いまの校長のことばに、もし万一《まんいち》そんなことでも、決議《けつぎ》されたらと、不安にもなった。

「伴先生、わたしは、なにも校長の職権《しょくけん》をもって、貴女《あなた》に是非《ぜひ》あの転校生を、優待《ゆうたい》せよと命令などするのでは、ありませんぞ、わたしも、貧乏《びんぼう》ながら紳士じゃ、伴先生——だが

――ここでお願いする――実は、打ち明けて正直《しょうじき》に申せば、あの間島夫人がじゃ、自分の一人娘を、この学校へ入れて頼むについて――軽少《けいしょう》ながらと――金若干《きんじゃっかん》の――その、すなわち寄附金《きふきん》をされたのでなあ――ハハハハ」

校長先生は、うしろに手を廻したまま、少しテレて、きまり悪げに高笑いをした。そして――

「つまり、貴女もほぼ御存じじゃろうが、この目下いささか窮乏状態《きゅうぼうじょうたい》にある、当学校にとっては、まずさしあたっての福の神でな――その間島夫人の御機嫌《ごきげん》を損《そん》じることは少々困る――どうじゃろう――伴先生――貴女も、わたしの妻の教え子として、一つ私たちの助《じょ》力者《りょくしゃ》として、その辺よろしくお含《ふく》み願いたいのでなあ――実は打ち明けてお頼みする次第《しだい》で――ハハハハ」

校長は、こんどは、額《ひたい》を撫《な》であげる。

「ホホホホ」

答えのかわりに、伴先生はほがらかに笑った。

その校長の、あけすけの打ち明け話に、むしろ好感《こうかん》が持てたからだった。

その寄附金云々《うんぬん》を、体裁上《ていさいじょう》かくして、ただ校長の権力《けんりょく》として、転校生優待《ゆうたい》を命令的に言われたら、どのようにも、反抗したくなるけれども、まっこうから、そう正直に打ち明けられると、たしかに、今のこの学校の危ない経営難《けいえいなん》に、ひそかに心配と同情を抱《いだ》いている伴先生は、校長夫妻の立場に、助力《じょりょく》したくなるのだった。

他《た》の生徒へ、ひどい不公平《ふこうへい》にならぬ程度に、あの間島香世子に、窓ぎわの机を与えるぐらい、かまわぬと考えた。

だが、さっき級《クラス》の生徒全体の協議《きょうぎ》によってと、言い渡した後とて、今は——ただ、その生徒一同の相談の結果の返事《へんじ》を待つより仕方なかった。

教室会議

その日のお昼休みの時間に、職員室の伴先生のお机の前に、級の教室会議の報告に生徒《せいと》総代《そうだい》として、二人の少女が入って来た。

その総代の一人は、あの国語の時間に、涼《すず》しい声音《こわね》で朗読した、見るからに賢《かし》こそうな、瀬川という生徒——も一人は、その瀬川と同じ机の左にならんでいた奥山《おくやま》という、眼のくるくるとした丸顔の、無邪気《むじゃき》な可愛《かわ》ゆい子だった。

この学校は、一つ一つ机が分離《ぶんり》せず——まだ旧式《きゅうしき》に、二人ずつ併用《へいよう》の長机《ながつくえ》を使用していたから、椅子だけ別で、机は長細い一つを二人で仕切《しき》って使っていたのである。

「先生、転校なさる方のお席を、みんなで相談してきめました」

瀬川が、まず言った。

「そうですか、どうきまりました?」

伴先生が、問うと、

「やはり、あの方のお母様の御希望通りに、窓ぎわの前列の席を、みんなで喜んで差し上げる事に、いたしました」

瀬川は、国語読本を読み上げるような、よい声を張《は》って、つつしんで告《つ》げる。

「そう――、では、貴女《あなた》が、教室の奥の隅《すみ》っこの、空《あ》いているお席へ替《かわ》って下さるのですね」

「いいえ」

そう、言い返したのは、奥山だった。

「私が、瀬川さんと替り合って、あの隅のお机へ移ります――何故《なぜ》なら、瀬川さんは級《クラス》でも、一番お出来になる模範《もはん》の優等生《ゆうとうせい》ですから、今度東京から転校なさった方と、おならびになる適任者《てきにんしゃ》として、みんなでそうきめました！」

これが又、堂々《どうどう》と声を張り上げる。

「ホ……、そうですか、級の皆さんが、そうおきめになったのなら、先生は、皆さんの意《い》志《し》を尊重《そんちょう》して、自由にお任《まか》せいたします――ですが、級の皆さんは、どういう理由で、転校生の間島さんに、御望み通りの、よいお席を差し上げることに、おきめになったのです？」

伴先生は、まさか、生徒一同まで、間島夫人の寄附金のことを聞き知ってたからではあるまいに――と、ちょっと不思議だった。

さっき、校長は、生徒たちが、反感を起して、意地悪《いじわる》をしはせんかとさえ、心配された位《くらい》だったから――。

「私どもは――東京から、この学校へ転校なすった方を、心から歓迎《かんげい》して、どんなにも親切に、みんなでして差し上げるように、決議いたしました――それで、お席もよいところを差し上げたいと、きめたのでございます」

瀬川が、直立不動《ちょくりつふどう》の姿勢《しせい》で、三年生一同の転校生に対する気持を、代表して宣言《せんげん》するのである。

伴先生は、うれしげに思わず、椅子を立ち上って、二人の級の代表者に、手をさしのべて、

「有難《ありがと》う――ほんとにありがとう――先生が何も暗示《あんじ》をお与えしなかったのに、皆さんが進んで、そういう優しい立派《りっぱ》な心持《こころもち》で決議をなすったこと、うれしくってなりません。きっと、そのことを間島さんも、お聞きになったら、どんなにお喜びになるでしょう――先

生も喜びます——また校長先生も、——およろこびになりますとも」

伴先生は、先生にいきなり握手《あくしゅ》を求められて、まごつき、はずかしがる生徒二人の、みずみずしい少女の掌《て》を、かわりがわり握《にぎ》り締《し》めるのだった。

そして、心から嬉しかった。こんどの転校生の席問題で、はからずも、級《クラス》の生徒全体のメンタルテストが出来て、それが非常によい成績《せいせき》だった気がした。

たとえ、学校は不完全な粗末《そまつ》な経営と組織《そしき》であっても——生徒の質は、けっして、そんなに悪くない——その生徒がいてくれる以上、この不完全な貧しい学校に赴任した事を、けっして悔《く》いることなく、かえって、こういう学校でこそ、精いっぱい働《はたら》き甲斐《がい》があるというものだ——伴先生は、この学校に来たことを、よろこび、この可愛《かわ》ゆい純《じゅん》な心持の生徒たちを、出来るだけ仕合《しあ》わせな教育環境に置くように、尽《つく》してやりたいと思う、若々《わかわか》しい熱情《ねつじょう》に燃《も》えるのだった。

——その翌朝《よくちょう》、授業開始前《ぜん》に——一台の自動車が、貞淑女学院《ていしゅくじょがくいん》の門から、小砂利《こじゃり》を蹴《け》って、玄関正面まで、横着《よこづ》けになり、そこから降り立ったのは、転校生の間島香世子と、その母夫人だった。

彼女たちは、香世子の為に、教室の席がきまったという校長からの電話によって、今朝、意気揚々《いきようよう》と、登校したのである。

間島夫人は、鄭重《ていちょう》に校長室に通された。

「香世子の席が、きまりましたそうで——私の希望通りのお席でございましょうか?」

「いや、たぶん、そうでしょう、勿論《もちろん》当校として、充分御便宜《ごべんぎ》を計《はか》るつもりで——担任の伴先生にも、よく申しておきましたから——いま伴先生を呼びます——」

——校長は、何事もまず責任は伴先生とばかり、その担任教師を早速《さっそく》、間島母子《おやこ》の前へ。

伴先生は、間島夫人に、あッさりと、

「お席は、おのぞみのように、窓ぎわの空気と太陽の近いとおっしゃる場所でございます」

「おや、それは有難《ありがと》うございます」

夫人は、珍《めず》しく感謝の意を表して、高い頭を、特別に、娘の担任教師なるがゆえにか

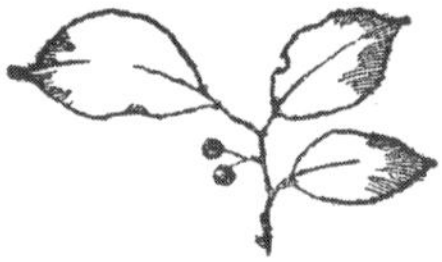

――伴先生の前にさげた。

「いいえ、私がきめたのでは、ございません、級《クラス》の生徒同志が、協議いたしまして――東京から転校の方へ、出来るだけ親切に、はからって差し上げたいと申して、一人自分のお席を、おゆずりして差し上げることになったのでございます――ほんとに、よい生徒たちでございましょう」

伴先生は、受持ちの子を自慢《じまん》したくなった。

「――こんな田舎へ、東京から来たんですもの、モテるに、きまってるわ、お母様」

香世子が、母の耳にささやくような、かつ伴先生にも、聞こえるほどの声だった。

(これは、たいした女の子だ!)伴先生は、早くも、転校生、間島香世子に、警戒《けいかい》の要《よう》あるを知った。

「で――この香世子とならびますのは――どんな生徒でございましょう――あんまり不良では勿論《もちろん》困りますし――それにトラホーム*なんかだと、この子にうつりましてはねえ――どうも、田舎の家庭は、とかく衛生観念《えいせいかんねん》が欠乏《けつぼう》いたしておりますから……」

間島夫人は、御自分の娘とならぶ生徒の衛生状態が気がかりらしい。

するとと校長が進み出て、

「その御心配は、御無用《ごむよう》ですよ、奥さん、当校では体格検査《たいかくけんさ》を厳重《げんじゅう》にいたしております。断じてトラホームに罹《かか》っている生徒などはありません。もしあれば、必ず治療《ちりょう》いたさせておりますでな」

校長の証明で夫人は安心した。

「お嬢さんの香世子さんと、お机でならびます生徒は、級《クラス》でも、頭脳明晰《ずのうめいせき》な優等生でございます」

伴先生も、その点を保証した。

質問者

間島香世子の転校と、教室の席順は、かかる、ひとさわぎの後《のち》、まず片附いた。

そして始業の時間と共に、香世子は瀬川優等生と、前列窓ぎわの、もっとも通風《つうふう》よろしい席について、この学校での授業を受けることとなった。

その日の、その時間は、修身《しゆうしん》の時間だった。

修身は、元校長の老刀自《ろうとじ》が、特に盲目《めしい》の不自由な身で、教壇に立たれるのだった。

盲目の老刀自が、校長夫人に手を引かれて、しずしずと教壇に立たれた時、生徒一同は、しいんと、水を打ったように静まる。

起立《きりつ》して、うやうやしく一礼の後《のち》、生徒が席につくと、老刀自は、特に教壇の教卓前の椅子につかれて、見えぬ眼に、教室のなかを――いわゆる貴《とうと》き心眼《しんがん》で見廻されて、

「今日は、人間の美徳《びとく》――謙遜《けんそん》と云《い》う事に就《つ》いてお話いたします」

と前置《まえおき》されて、

「――昔から〝能ある鷹《たか》は爪《つめ》をかくす〟と申す諺《ことわざ》がございます。これは自分に優《すぐ》れた力量があっても、猥《みだ》りに人の前で高慢《こうまん》な振舞《ふるま》いをしない慎《つつ》しみ深《ぶか》い態度を申しますことで、皇《こう》太后陛下《たいごうへいか》は畏《かしこ》くも――

うつぶしてにほふ春野《はるの》のはなすみれ
　　人の心にうつしてしがな

という御歌《みうた》*を下《くだ》し給《たま》うて、私達をお誡《いまし》めになりました――昔の有名な貝原益軒《かいばらえきけん》*と申す偉い学者が、ある時、渡舟《わたしぶね》に乗られた時、同じ船に乗り合わせていた、まだ若い、ほんの少しばかり本を読みかじったような男が、舟の中で得意《とくい》になって、学者ぶって、人々に学問の話をいろいろしゃべって、たいそう威張《いば》っておりました。その時、益軒は黙《だま》って、舟の片隅に小さくなって、かしこまっておりましたが、さて、お船が向ふ河岸《がし》について、舟の人々の降りる時、めいめい名前を名乗《なの》ることになりました。その時、益軒は、『私は貝原益軒と申す者です』と、はじめて、名乗られますと、同じ舟の人々は、さては、この人は、いま日本中で名高い大学者の益軒先生であったのかと、一同驚きました。すると、今まで舟のなかで、さんざん生学問《なまがくもん》を鼻にかけて、いばってしゃべりまくった、その若い生意気《なまいき》な書生《しょせい》*は、顔を真赤にさせて、非常に恥《は》じ入《い》り——こそこそと逃げるように、立ち去ったと申す、伝え話がございます——皆様も、どうぞこの貝原益軒《かいばらえきけん》のように、御自分はいかにすぐれていても、高ぶり人に誇《ほこ》ることなく、奥ゆかしく謙遜《けんそん》の態度を学ばれて、けっして、この高慢《こうまん》なものしりぶって恥をかいた、若いおしゃべりのような態度を取ってはなりません——おわかりになりましたか——謙遜という美徳《びとく》が、どんなに床《ゆか》しく立派なことか——」

と、また見えざる眼《まなこ》に、教室内を見廻されて、

「もし、みなさまのなかに、この謙遜についての、私の話に、何か質問がございましたら、お問い下さい。お修身のお話は、ただ、うわのそらで聞くばかりでなく、自分たちもめいめい反省《はんせい》し、考え、よくわからぬことはどんどん問うて下さい」

老刀自《ろうとじ》はそう言われた。

「先生！」

と、その時、質問者の一人として、手をあげ声をかけたのは、転校生の間島香世子だっ

た。

「ホウ、質問が出ましたね、さあ、何がわかりませんでしたか、問うて下さい」

刀自は、耳のかんで、その生徒の席の方を、見えぬ眼ながら、顔を向けられた。

香世子は、東京の女学校からの転校生の頭の程度《ていど》の高さを示すはこの時とばかり、得意《とく》気《げ》に立ち上るや、

「先生、私は貝原益軒という昔の偉い学者の、その行為《こうい》を、けっして謙遜の行《おこな》いとは思えません」

まことに、奇怪《きかい》な——いきなり爆弾《ばくだん》を投《とう》じた如き質問だった。

級中《クラスじゅう》の視線が、この転校生にそそがれた。それを意識すると、香世子は、ますますそりかえって、ひときわ声を張り上げ、

「益軒は、自分が偉いのに、知らん顔して、舟のすみっこにいて、その若い書生のしゃべるのを、わざと黙って聞いていたくせに、舟が岸に着くと、自分の有名な名前を名乗って、その高慢な若者を、大勢の前で恥じ入らせ、こそこそと逃げ出させてしまいました。なん

という、残酷《ざんこく》な意地悪《いじわる》な行為でしょう——私には、その若者の方が、よっぽど天真爛漫《てんしんらんまん》で無邪気《むじゃき》で、益軒は陰険《いんけん》で、実は心のなかは、かえって高慢な人だったと思えて仕方ありません——これは私の考え方が、まちがっているのでしょうか、お教え下さい」

香世子は、まるで、その昔のその渡舟のなかの若者の子孫《しそん》でもあるかの如く、益軒を憎《にく》むのか、益軒に対してとっぴな皮肉《ひにく》な考え方を誇《ほこ》って、得意満面《とくいまんめん》にそりかえった。

教室のなかに一種のどよめきが起きた——それはこの思いがけぬ質問に対して、烟《けむ》に巻かれた生徒の驚きと——そして老刀自《ろうとじ》が、この質問をいかに処置《しょち》するかと——はらはらする気持との現われのどよめきだった——まさに教室内は、風雨満《ふううみ》ち来《く》る暴風雨《あらし》の前の重苦《おもくる》しい空気を含んで、気持悪かった……。

生徒の助太刀《すけだち》

貞淑女学院校主、老刀自は、すでに二十年近《ちか》く、お修身の課目を毎日受け持たれて、女の子たちに、お話をされて教えを垂《た》れていられたが、おそらくその日、そのひとときほど、困ったことはなかろうと思われた。

お修身と云えば、いつもは、すらすらともの馴《な》れた口調で訓話《くんわ》を終り、生徒は、ただ素《す》直《なお》に黙《だま》って聞き、一人や二人、春の真昼《まひる》のあまり長閑《のどか》さに、うとうとと、いい気持そうに居《い》ねむりを、隅っこの席を幸《さいわ》いしていても——刀自のいわゆる《心眼《しんがん》》は、慈愛《じあい》と寛大《かんだい》をもって、それを黙認《もくにん》して、時間が終ると、しずしずと教壇を、生徒一同の最敬礼《さいけいれい》のうちに、お帰りになるという、型のきまった、その平和なお修身の時間に、今日という今日は、思いもかけぬ、一大波瀾《いちだいはらん》が捲《ま》き起《おこ》ったのである。

刀自の、今教えられた貝原益軒の「謙遜《けんそん》」が、「謙遜」でなくなる騒ぎだった。

新しい東京からの、転校生、間島香世子は、静かな教室へ、大きな爆弾《ばくだん》を投下《とうか》したようなものだった。

刀自は、香世子の、いきなり、質問と共に、唱《とな》え出した、益軒《えきけん》不謙遜説《ふけんそんせつ》の前に、ちょっと、言うべき言葉が、見当らぬかのように、立《た》ち往生《おうじょう》されてしまった。

だが、刀自の眼は盲《めし》いても、なおまだ残る《心眼》の力は尽《つ》きず――見えざる眼《まなこ》もて、教室内の、ざわめきを押《お》し静《しず》める如く、顔をあげられて、

「みなさんも、只今《ただいま》、間島さんのおっしゃられたように、益軒は陰険で、かえって高慢だという風に、みなお考えですか――遠慮《えんりょ》なくおっしゃって下さい――このごろの時代の女の子の考え方を、私も知っておかねばなりませんから」

刀自の声は、落ちつきを、かなり見せてはいられたが、気のせいか、やはりどこか、一種悲壮《ひそう》な感じが、ともなうような気がした。

その老刀自の、お声に教室内は、一時夜中《よなか》のごとく、しいんとした。

そして生徒同志、おたがいに顔を見合わせるばかりだった。彼女たちは、初めは、なんの疑《うたが》いもなく、ただ習慣的《しゅうかんてき》に従順《じゅうじゅん》に、老刀自から貝原益軒の逸話《いつわ》を聞き、そうだと思って、うなずいていたのが、不意《ふい》と、間島香世子から、新しい反対説が、突飛《とっぴ》に勇敢《ゆうかん》に、呈《てい》出《しゅつ》されると、「ああ、それもそうかしら?」とも迷い、――もとより、老刀自は偉い尊敬すべき女子教育者で――間島さんは自分たちと同じ生徒の分際《ぶんざい》に過《す》ぎず――それは比較に

ならないものの——そんなら、この新説を、いかに、ひっくり返して、老刀自の訓話を正しいと支持するかと、いうと、それに対して、どういう雄弁《ゆうべん》を振《ふる》って、香世子説をひっくり返せるか、ちょっと自信がもてなかったのである。

なにしろ、転校生間島香世子と来たら、いままでに、この学校に類のない型破《かたやぶ》りで、彼女こそ高慢《こうまん》ちきな態度と、あの教室の席順問題の時から、みな心の底にわだかまりはあったが——転校生に意地悪をしない相談決定のために、一人は席もゆずったのだった。

それが、この修身の時間のさわぎ——彼女香世子の雄弁に立ち向う自信は、気おくれして、誰もが持てないかと見えた。

その時だった。その騒ぎの張本人《ちょうほんにん》の香世子の隣りにならぶようになった、あの瀬川ゆみ——は、つと椅子を立った。

「私は、貝原益軒をやはり謙遜な人だったと思います。その渡し舟のなかで、生意気な若者が、生学問《なまがくもん》をいばってお話していたのに、恥をかかせてやろうと思われて、あとで、わざと名を名乗《なの》られたのではなく、きっとその時代の旅行者の規則で、渡し舟から降りる時、そこのお関所《せきしょ》みたいな場所で、お役人に名を名乗《なの》らねば、ならなかったのではないでしょうか。――そして、その若者も、きっと、それに懲《こ》りて、今度謙遜に真面目《まじめ》に勉強する気になったに、違いありませんから――私は、益軒の行為を、やはり、よいことだと思い、それをことさらに、悪意《あくい》に解釈《かいしゃく》出来ません」

瀬川さんは、これだけを、一生懸命《いっしょうけんめい》の口調で、誠実《せいじつ》に言い切ると、又席についた。

ともかく、それだけ、言うために、心のなかで、言葉の準備の為、すぐ立てなかったのであろう。瀬川弓子が*、こう言い終ったとき、教室内が、ぱっと灯《ひ》のともったように、明るくなり、ほっと皆は、救われた感じだった。

生徒たちが、何より嬉しかったのは、教壇の上に、立《た》ち往生《おうじょう》の姿だった、老刀自の顔に、うれしげな血の気が、颯《さっ》とさしたことである。

「ほんとに、よく、私の話をわかって下さいましたね」

刀自は、自分の訓話を充分に、理解した生徒へ感謝の言葉を与え、次に一同を見えぬ眼《まなこ》に見渡して、

「みなさまは、さっきの間島さんの、お説と、ただいまの瀬川さんのお説と——どちらに賛成になりますか?」

と刀自は、生徒の判断に任せた。

「間島さんのお説の考え方も、もっともだとお思いの方は、御遠慮《ごえんりょ》なくお手をおあげ下さい」

——刀自は、公平の態度をとらうと、声を励《はげ》まされたが——誰ひとり手をあげる者はなかった。

香世子は、不平不満《ふへいふまん》、むしろ教室内を、威嚇《いかく》するかの如く、じろりと見廻したが、誰も、その威力《いりょく》(?)に感ぜず、知らん顔していた。

「瀬川さんの考え方と同じ方は?」

刀自の採決の前に——さっと、秋の白い薄《すすき》の穂《ほ》の揃って、すくすくと出たように、皆《みな》手があがった。

香世子はそのとき、わが机の隣席の瀬川弓子を、倶《とも》に天をいただきたくない、仇敵《きゅうてき》の如き競争者《ライヴァル》を、初めて発見したごとく、きっと睨《にら》んだのである。

その夜《よ》のさまざま

その夜、校舎に続く校長一家の住居《すまい》の、茶の間では、食卓を囲んで老刀自《ろうとじ》と校長夫婦と、それに家族的の待遇《たいぐう》を受けている、伴先生の三千代と、それから、も一人、小さい家族として、三千代に附属《ふぞく》している、あの例の汽車中から、三千代にひろわれた棄児《すてご》の、その児の名は、自分で「わたし、静《しい》ちゃんよ」と、言うだけを、たよりに、三千代も「静ちゃん」と呼び、老刀自や校長、その夫人の比奈子からも、「静ちゃん」と呼ばれて、もう生れ落ちてから、この家《や》の不思議な位置の子のように、なれ親しんでいるのだった。

その静ちゃんは、校長夫人と三千代との間《あいだ》に、ちょこなんと、はさまって、小さなお箸《はし》で、お夕飯《ゆうはん》を口に運んでいる。

「私は、今日の三年のお修身の時ほど、吃驚《びっくり》いたした事は、この教育者になって初めてでしたよ」

刀自が、こう言い出した。いちにち、急《いそ》がしい校務や教壇に、めいめい働いている、この人たちは、このいちにちの夕餉《ゆうげ》の時に、ゆっくり顔を合わせて、その日、学校にあった話を、語り合う習慣だったが、今日は、刀自が何をおいても、まずこの話を語らずには、いられぬ様子だった。

「なんです。修身の時間、なにかあったのですか、お母さん」

校長は、何事かと問い出した。

「三年と申せば、私の担任の級《クラス》でございますか」

三千代も気になった。

「あの三年は、学校中での、頭のいい優秀組《ゆうしゅうぐみ》でございますが……」

校長夫人の比奈子は、新進気鋭《しんしんきえい》の若い伴先生の受け持つに、ふさわしい、その三年級であることを、知っていられた。或いは、その校内一の優秀組なるがゆえに、新しい赴任の先生に、担任を托《たく》されたのかも知れない。

「今日の事の起りは、貝原益軒のお話からでしたよ」

老刀自《ろうとじ》は、あの時間の出来事を、委《くわ》しくその状景《じょうけい》を、手に取る如く、外《ほか》の三人に報告された。

「ハハハハ、あの間島家のお嬢さんは、なかなか茶目《ちゃめ》ですね、そして奇抜《きばつ》な卓見《たっけん》を持っている、少女としては珍しい才智《さいち》ですなあ」

校長は、むしろ香世子の才智に舌を捲《ま》いた様子だった。

「何か、こう異端者《いたんしゃ》ぶって、目立《めだ》ちたいのでしょうか？」

夫人の比奈子は、あまり感服《かんぷく》どころか、眉《まゆ》をひそめた。

「いつも、瀬川という子は、善良《ぜんりょう》なつつましい、いい生徒ですが、今日も、お修身のその時間に、間島さんに反対した、正統派《せいとうは》だったのですのね」

三千代は、その時の香世子の様子も、また、それに比例《ひれい》して、瀬川さんの控《ひか》え目《め》なしかし聡明《そうめい》な活躍も眼に浮かぶようだった。しかも、香世子の言った、その説は、亡き小説家、A氏の皮肉な警句《けいく》*の受け売りらしいと微笑された。

「私も、この年齢《とし》になっては《心眼《しんがん》》も、いささか、おとろえましたかな――瀬川という、あの生徒に助太刀《すけだち》をして貰って、やっと面目《めんぼく》を保《たも》つようでは、情なくなりましたよ、しみじみと……」

老刀自は、箸をおいて、吐息《といき》された。

だが――この老刀自を、かばい守ろうとする生徒の態度は、刀自のために、たのもしい限りに、三千代は思った。刀自のために、瀬川さんは立ち、また全級の生徒ことごとく、それに応援《おうえん》するが如く、手をあげて、誰も香世子の奇抜《きばつ》な反対案に、雷同《らいどう》するものがなかったからは、刀自のお修身の教授は、まずまず安心なものであろうと。

「瀬川さん、あたち、知っているわ」

といきなり、静《しい》ちゃんが、おしゃまに、口をはさんだ。

さっきから、大人たちの会話に、その名が、口にのぼるのを、傍《そば》で聞きかじって、静ちゃんは、思い出したのである。

「静ちゃん、どうして、瀬川さんを知ってるの?」

三千代が、ふしぎがって、たずねると、

「あたち、今日きれいな折鶴《おりづる》たくさん折っていただいたのよ」

と、静ちゃんは、服のポケットから、可愛《かわ》ゆい千代紙の、紅《あか》い、黄《きい》ろい、紫《むらさき》の、その折鶴を取り出して、ふッーと息を吹き入れて一つ一つ食卓の上に、ならべて見せた。

「ホホホホ、あの生徒たちが、休み時間に、校庭にこの静ちゃんが出ていると、かわゆがって、遊んでやるのですよ」

比奈子夫人が説明された。その生徒のうちでも、特に、あの瀬川さんは、静ちゃんにとって、こよなく優しいお姉さま振《ぶ》りのよき印象を与えたのであろう。

夕餉《ゆうげ》が終ると、静ちゃんは、その千代紙の折鶴を持って、三千代と眠る寝間《ねま》へ入った。

老刀自も、御自分の座敷へ引き上げられる。その手をひくのは、比奈子夫人——それを見送って、校長は、

「お母さん、まあまあ気長《きなが》く待って下さい。この学校も、僕の北海道の金鉱が、ものになれば、見ちがえるように、堂々たる立派な校舎にして、県立も叶《かな》わぬほどの、信用ある女

学校にしますから――」

するとと、老刀自は、この楽天家《らくてんか》の息子の夢に対して、もの悲しげに言われた。

「校舎は粗末《そまつ》でもよろしい。一番大切なのは、学校の魂《たましい》です――もう私の力では、この学校の魂を支えるには、老い過ぎました……」

そして、さびしげに、刀自は姿を、奥座敷へ消された。

「なに、金さえあれば、学校は経営一つで、生徒を集めて、どんなよい教育でも、実行出来るんです。世の中、万事資本《ばんじしほん》が、まず第一ですよ！」

校長は、金鉱事業も、教育事業も、同じ考えらしかった。

三千代の居間からは、静ちゃんの歌声が聞えた。

じゃんけんぽんよ
　じゃんけんぽんよ
そんならわたしが

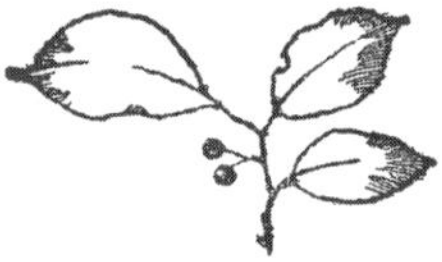

おにになろうよ、おにに――

その歌は、その児が、母と共に、棄《す》てられるとも知《し》らで、あの三千代と同じ列車の、窓《まど》辺《べ》で、うたっていた童謡だった。

ああ、あの児の母親は、どこに――生きていてくれるのやら、どうしたことやら――三千代は、胸が痛くなった。その児の母代りに、今夜も我が胸に抱《だ》いて、寝せようと、三千代は自分の部屋へ引き上げた。

――その静ちゃんを寝せてから――三千代は、その夜、その臥床《ふしど》の枕辺《まくらべ》の机に向って、東京の伯父《おじ》に、手紙を書くのだった。

伯父さま。

私は変りなく、その後教壇に毎日立つ職《しょく》にも、おいおいなれて、面白《おもしろ》く楽しくなりました。このひとつきに、今まで味《あじわ》えなかった、人生の勉強を、どれほどしたか、わかりません。

そして私は、この貧弱《ひんじゃく》な女学校に、強い愛を感じ出しました。どうかして、この学校を少しでも善《よ》くする為に、尽《つく》したいと思います。

就《つ》きましては、東京を去る日、おあずけした、私の母のかたみの、あの預金帳に、学資《がくし》の残りがあった、千八百円を、お手数ながら、至急《しきゅう》こちらへお送り下さいませんか。

そのお金を、私はこの学校へ全部寄附《きふ》し、さしあたって、私の女学校時代の音楽の先生だった、ここの校長夫人のために、ピアノを一台献《けん》じたいと思います。

いまどきピアノのない女学校、そして音楽をオルガンで教えていられる、昔の恩師《おんし》の心をいたましく思うあまりで、ございます。

私の汽車でひろった棄児《すてご》の、静《しい》ちゃんの為にさえ、無名の人が、五百円を寄附されたのを思うと、私もまた目下不用《もっかふよう》のお金を、この学校に喜《よろこ》んで投じたいと思います。

＊　＊　＊

その同じ夜、この街の間島本邸では、灯《ひ》の下で、香世子と、その母辰子《たつこ》が、こんな会話を交《かわ》していた。

父の源七氏は、木材買い出しに、草鞋《わらじ》ばきで山林《さんりん》に行っていたので、母と娘は、食後二人で盛んに、語り合っていたので――

「ねえ、お母さま、級《きゅう》のひとったら、みんな田舎《いなか》っぺいで、意気地《いくじ》なしで、先生におべっかするだけ＊――私の言ったことに、うっかり賛成したら、修身のお点が悪くなるかと、思って、みんな揃《そろ》って卑怯《ひきょう》よ、瀬川さんの言ったことに、手をあげるんですもの、第一、伴先生が、瀬川さんを、ごひいきよ」

香世子は、今日老刀自を教壇で、立往生《たちおうじょう》させた愉快《ゆかい》さが、忽《たちま》ち、席をならべた瀬川さんのおかげで、ぺしゃんこにされたのが、怨《うら》めしい限りで、早速《さっそく》母に報告中なのである。

「いったい、あの受け持ちの伴先生というのが、母さんは気に入らないんですよ――」

辰子は、伴先生が、あの席順問題の時、自分に、毅然《きぜん》たる態度を見せたのが、癪《しゃく》にさわって仕方がなく、どうやら胸に支《つか》えているのだった。この街の空気を呼吸している人間にして、この間島夫人の権力の前に、屈《くっ》しないというのが、怪《け》しからない次第《しだい》と、伴先生に大いに含むところがあった。

「ともかく、香世ちゃんを、あの学校へあげたからには、一人、私たちの味方になる先生を、あの学校に入れて置かないと、何かの時、困るねえ——あの伴先生なんて、ほんとに、しかたがないよ」

辰子は、伴先生を排斥《はいせき》し、代りに、自分たちに服従《ふくじゅう》する、忠実《ちゅうじつ》な下臣《けらい》の如き、教師をあの学校に赴任させる必要ありと、早くも計画するのだった。

先生の散歩

今日は日曜日。そして晴れ。

三千代は、いまだに棄《す》てた親のわからぬ、その児の静ちゃんを連れて、街に散歩に出かけた。

校長邸の古い建築の、あのお座敷《ざしき》と、これも朽《く》ちかけたと思われるほどの、青ペンキ塗《ぬり》の、昔々の木造の校舎のなかでだけ、毎日を暮していた三千代は、その日曜日、久しぶりで、広い空の下へ放《はな》たれた鳥のような気持だった。

出て見ると、この街のさくらの花も、もうすっかり散って、山裾《やますそ》の小さい地方町は、若《わか》葉《ば》青葉《あおば》に包まれていた。

この季節の移り変りは、僅《わず》かな間《あいだ》だったけれど——三千代には、それが、一年も二年も経《た》った感じだった。

何故《なぜ》なら、この街のあの女学校へ赴任してから、あまりに、いろいろの眼まぐるしいほどの、事件に出会ったからだった。

あの早春の或る日の黄昏《たそがれ》、ここへ汽車で着いた時の、心細かった旅ごこちを、今は遠い日の夢のように、なつかしく思い返した。

おのずと、三千代の足は、あのときの、駅の方へと向った。

駅前の道は、陽《ひ》にかわいて白々《しらじら》と、真直《まつすぐ》に通っている。そして、あの黄昏に眺《なが》めたと同じように、果物屋《くだものや》、菓子屋《かしや》、下駄屋《げたや》、洋品店《ようひんてん》――と、ごたごたならんでいる。うどん、と白く染めぬいた字が、お醤油《しょうゆ》色に薄よごれている紺《こん》ののれんも、変っていなかった。

その街通りのほとりで、学校の生徒が、いつもの制服を日曜のきものに替《か》えた姿が、出会っては、三千代の前に笑ったり、はにかんだり、慌《あわ》てたりしてお辞儀《じぎ》をするのだった。

駅の前から、道は十字路になっている。一つの道は、三千代の辿《たど》って来た貞淑女学院からの道だった。

もひとつの道は、そこから、この街の一番賑《にぎ》やかな町通《まちどお》り、気取《きど》った言い方をすれば、つまり本町通り《メーンストリート》だった。

三千代は、まだその賑やかな町通りを行ったことがないので、今日は、ひとつ歩いて見ようと思った。

「静ちゃん、まだ、あんよ出来る?」

と、手を引いていた児に聞くと、

「あるけてよオ」

静ちゃんは、元気がよかった。

それで、その町通りへ曲って入った。

なるほど、小さな三階建の百貨店《ひゃっかてん》まがいの呉服屋《ごふくや》さんが、飾窓《かざりまど》に早くもセル*を着せたお人形を飾《かざ》っていたり、夜は赤いネオンサインみたいな灯《ひ》のつくらしい、カフェ*みたいな店があったり、小さい蓄音機店《ちくおんきてん》から、流行歌のレコードが、けたたましく響《ひび》いて、このもの静かな地方町の真昼を、掻《か》き乱《みだ》していた。

『本日正午開館』とビラが張り出してある、映画館の屋根には、毒々《どくどく》しい絵看板《えかんばん》が、剣劇《けんげき》俳優《はいゆう》の似顔《にがお》を、描《か》いて掲《かか》げてある。

三千代は、微笑《ほほえ》みながら、そのいかにも地方の町らしい、のんびりした風景を味わって歩いてゆくと、橋があった。

古風《こふう》な木の欄干《らんかん》のついた橋で、その下の河の水まで、のんびりと流れて、その橋の岸には、白い壁と黒い瓦《かわら》の屋根《やね》の土蔵《どぞう》が、いくつもずらりと並んでいた。その土蔵の白い壁《かべ》の棟《むね》には、黒い○のなかに源《げん》という字を書いたのが、紋《もん》のように皆《みな》ついていた。

三千代は、その白い壁の古風な土蔵を見ながら、東京の下町で、幼ない日育った頃、やはり、そんな土蔵が町にならんでいた風景を、なつかしくおもい出した。

三千代が生《お》い立《た》つにつれ、東京の町の商店の土蔵の多くは、鉄筋《てっきん》コンクリートの倉庫に変っていた。ゆくりなくも、この地方の町の河添《かわぞ》いの白い壁の土蔵は、昔の絵のように美しくゆかしかった。

三千代は、その橋の袂《たもと》に立って、うっとりと、その土蔵のならぶ姿を見詰《みつ》めていた時、ブウブウと警笛《けいてき》を鳴らして、一台のガタガタの古自動車が通りかかった。

三千代が、車をよけた時、

「おや、先生」

と、車の運転台から、声かけて、のぞいた男の顔があった。

吃驚《びっくり》して三千代が、振り返ると、なんと、それは、この町のあの駅に着いた日、自分を乗せて、女学校まで送ってくれた、あの古フロックコートを着ていた、奇抜《きばつ》なスタイルの、運転手さんだった。

彼は、あの頃、外套代《がいとうがわ》りに、着ていたらしい、フロックコートは、もう着ていなかった。娘が編《あ》んでくれたと言った茶色のセーターだけ着ていた。

お店番の子

「あのときは、お世話《せわ》になりました」

三千代は、笑って挨拶《あいさつ》した。

「先生、どこかへお出かけなら、お供《とも》いたしましょう、丁度《ちょうど》いまお客を送っての、帰りでさあ」

彼は、そう言って、車の扉《とびら》をあけた。

「ありがとう、でも、いらないの、今日は、ぶらぶら散歩《さんぽ》してるんですから」

「おや、そうですか――こんな、さびしい町をお歩きなすったって、東京とちがって、なんにも面白いものも、ありやしますまい」

「いいえ、なかなか面白いのよ。いまも、あの白い壁の土蔵を綺麗《きれい》だと思って、眺めていたの」

三千代が指さすと、運転手は、

「ああ、あれですか、あの土蔵《くら》は、けちんぼ源七のとこの土蔵でさあ、丸源《まるげん》ってこの町切っての金持ちですよ――そら、先生のとこへ、こんど東京から来た間島って生徒がいましょう、あのお嬢さんのお家《うち》の土蔵《くら》ですぜ」

と、教えた。

「あ、そう」

三千代は、東京から転校して、いろいろ級《クラス》に、問題を起《おこ》している、あの間島香世子の家《うち》の土蔵かと、おかしくなった。

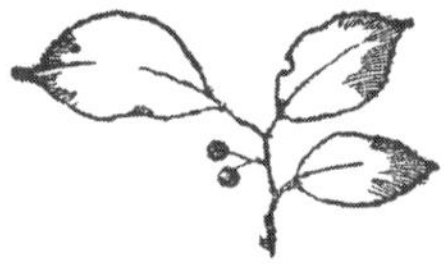

「先生、あの間島のお嬢さんのお蔭《かげ》で、わしのとこの娘は、教室の机が、隅っこのうしろへ移ったそうですね、ハハハハハ」

運転手さんは笑った。

「えっ」

三千代はびっくりした――あっ、そういえば、この運転手があの日「うちの娘もこの学校へあがってますよ。先生よろしく願いますよ」と言ったのを思い出した。

して見ると、この運転手さんの娘は、間島香世子の為に、教室の席順が変ったというからには――瀬川ゆみと始めならんでいて、みずから香世子のために、席をゆずった生徒だ。

「では、奥山さんですね」

三千代は言った。

「へえ、そうです。こんな親爺《おやじ》に似合《にあ》わぬ、いい子でがしょう、へへへへ」

奥山運転手は、得意《とくい》らしく笑った。

「――私が瀬川さんと替《かわ》り合《あ》って、あの隅のお机に移ります。何故《なぜ》なら、瀬川さんは級《クラス》でも、一番お出来になる模範《もはん》の優等生《ゆうとうせい》ですから、今度東京から転校なさった方と、おならびになる適任者《てきにんしゃ》として、みんなでそうきめました！」

と、堂々と声を張り上げたあの奥山という生徒の、素直《すなお》な感じの無邪気《むじゃき》な態度を三千代は思い出した。

「ほんとに、素直ないいお子さんですよ」

三千代は、お父さんの前で証明した。

「へへへへどうぞよろしくお願いいたしやす。なにしろ、うちの娘たち生徒は、伴先生のファンになって崇拝《すうはい》してるんだそうで、大騒ぎですよ」

ファンという言葉の使い方が、おかしかったので、三千代は笑い出した。

「おや、上《のぼ》りの汽車《きしゃ》のつく時間ですね、じゃあ、先生ごめん蒙《こうむ》ります」

と、奥山さんのお父さんは、慌《あわ》てて車を駅へ走らせた。三千代は、静《しい》ちゃんの手を引いて、再び歩き出した。

橋を渡って、その河に添《そ》って曲《まが》ると、その大河《おおかわ》の流れが分れて、小さい優しい川となっ

ている。

その川岸《かわぎし》には、柳《やなぎ》の樹《き》が植えてある。そして、柳の樹を前にした家々は、二階のある家《うち》、ない平家《ひらや》がまざって、門はなくて、すぐ格子戸のある、しもた家造《やづく》りが多かった。

その小さい川にも、両方の川岸から、ゆききの出来る小橋《こはし》が、かかっている。

小さい橋の袂《たもと》にも、柳の樹が一本あった。もし、これが京都《きょうと》だったら、その柳の枝の間《あいだ》を、燕《つばめ》が飛んで、橋の欄干に舞妓《まいこ》が絵日傘《えひがさ》さして立っているに、ふさわしい景色《けしき》だった。

だが、此処《ここ》は、京都ではない、そんなに名も知られぬ地方の小さい町なのだった。

でも、その川岸の柳の樹や、優しい川の流れ、川岸の石垣《いしがき》の苔《こけ》の青さや、みな懐かしい気持で、三千代には眺《なが》められた。

小橋を渡って、片側の川岸の家《や》ならびの前を、三千代は静ちゃんの手を引いて辿《たど》って行った。その行く道のほとりに、ポストがぽつんと、川岸の柳の下にたててあった。そのポストの前に、間口一間《まぐちいっけん》ぐらいの狭《せま》いタバコの店があった。

ポストが近いので、郵便切手《ゆうびんきって》やハガキも売るのであろう、そしてタバコも売る店だった。

赤く塗《ぬ》ったブリキの小さい看板《かんばん》に（タバコ）とかいたのが、店の軒《のき》にさげてあった。

「あっ、瀬川さんよ」

静ちゃんが、いきなり、その店口《みせぐち》へ駈《か》けよった。

三千代は、慌《あわ》てて、その店口を見ると、そのタバコのいろいろ置いてある硝子箱《がらすばこ》の向うに、お店番をして坐《すわ》っている少女の顔が、はにかんで、こっちにお辞儀していた。

その顔は、教室内の優等生、瀬川ゆみだった。

学校の制服の姿とちがって、紫矢絣《むらさきやがすり》*のきものに、赤い帯《おび》をきちんと締《し》めていた。

静ちゃんは、学校のお休み時間の校庭で、優しく遊んで貰うひととて、まるで、大好きな、よそのお姉ちゃまに会ったように、嬉《うれ》しげに、そのタバコの店口に駈けよって、脊《せ》のびして、店の中の瀬川さんの顔を見上げる。

三千代——すなわち伴先生は、そのタバコ店に立った。

「貴女《あなた》のおうち、ここ？」

そうだろうとは、思ったが、つい聞いてしまった。

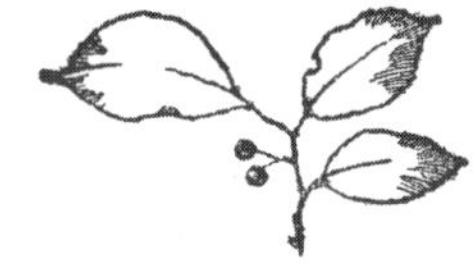

「はい。日曜には、母に代ってお店番《みせばん》していますので……」

瀬川さんは、そのお店番のところを、先生に見られて、はずかしがって、ぽうっと可愛《かわ》ゆい利口《りこう》な顔を、うすあかく染めるのだった。

そこへ、はっぴをきた職人が、つかつかと来て、

「ねえちゃん。バット*一つ！」と、勢《いきお》いよく、どなった。

「はい」

と、瀬川さんは、硝子《がらす》の台に、沢山《たくさん》入れてある、青地に黄金《きん》の蝙蝠《こうもり》を描《か》いたバットの箱を一つ出した。

職人は、紺《こん》のはらがけから拾銭銀貨を一つぽんと、店口の台の上に置く。

「まいど、ありがとうございます」

と、瀬川さんは叮嚀《ていねい》に言って、おつりを出した。

「よく売れますね」

伴先生は、微笑《びしょう》して、この教え子のお店番を、激励《げきれい》するのだった。

「ホホホホ」

瀬川さんは、すっかり、ただ、はずかしがって、うつむく。

そのうつむく膝の上には、学校の教科書が開いてあった——お店番の暇《ひま》に、勉強を怠《おこた》らぬ、可憐《かれん》な姿《すがた》。三千代の伴先生は、ちょっと胸があつくなった。

「貴女《あなた》、おうちは、お母さんと——お父さん？」

三千代は、この教え子のタバコ屋さんの家庭を知りたかった。

「母と二人だけでございます」

優等生らしく、教室のなかのように、かしこまって、その子は答える。

「お父様は？」

「満洲事変《まんしゅうじへん》で戦死《せんし》いたしました」

はっきりと、よどみなく答える。

父はあの満洲事変で戦死——そして残された、母と子は、つつましく、この小さいタバコ店をして暮しているのか——三千代は、なんとなく瞼《まぶた》がうるむ思いだった。

その店の奥は、たった一間《ひとま》の部屋の暮しらしく、ひっそりと障子《しょうじ》がしまっていた。

瀬川さんは、その障子の向うへ「お母さん」と呼びかけた。

「なあに、ゆみちゃん」

と、答えて、障子を開けて、出て来たのは、油気《あぶらけ》のない髪を、櫛巻《くしまき》にして、じみなきものに、黒繻子《くろじゅす》の帯《おび》をしめた、瀬川さんの眉形《まゆかたち》の似たひと――ひとめでわかる、その母だった。

「お母さん、学校の伴先生が……」

その子が言うと、お母さんはあわてふためいて、店口に膝をつき、

「まあまあ、先生様――この子が、学校でお世話さまになっております――こんどの先生は、えらい、いい先生、と申しまして、それはそれはよくお噂《うわさ》をきかせます」

お母さんは、一生懸命《いっしょうけんめい》で、先生への御挨拶《ごあいさつ》を申し立てるのだった。

「ほんとに、よいお子さんをお持ちになって、お仕《し》合《あわ》せですこと」

三千代は、この利口《りこう》な感じのいい生徒の娘を持つ、そのお母さんに挨拶するのだった。

「わたくし、日曜日の散歩に、ぶらりと出て来て、ここを通りかかったのですよ――では、これで失礼《しつれい》」

と、三千代は店を離れる。

「まあまあ、こんなむさくるしいところで、お茶も差し上げられませんで」

お母さんは、むやみとお辞儀した。

三千代はそのタバコ店を立ち去るのを、この日の散歩の終りとして帰り道についた。

そして、再び、あの白壁の丸《まる》に源の字のしるしづけられた、土蔵のならぶ河岸《かし》を見ながら、そのたくさんの土蔵のある家の子と、あの小さいタバコ店《みせ》の店番の子と、机をならべる教室を思い浮かべて、ふと微笑《ほほえ》ましくなるのだった。

＊　＊　＊

三千代が、その日曜の散歩を終って、帰った時、その校長宅の彼女の一室の机の上に東京の伯父《おじ》からの手紙が置いてあった。それは、先頃《さきごろ》、三千代がこの学校へ、旧師《きゅうし》校長夫人

の為に、ピアノを一台寄附《きふ》したいと思って、伯父の許《もと》へ、母のかたみの全遺産《ぜんいさん》の預金帳の残額、千八百円を送って貰うように頼んだ手紙の、その返事だった。

三千代が、封を切って読むと、粗末《そまつ》な巻紙《まきがみ》に、大きな墨《すみ》のにじんだ字で、

拝啓《はいけい》

お手紙拝誦《はいしょう》。お預《あず》かりの金円《きんえん》は、只今《ただいま》は、お前さんに不用《ふよう》と思い、一時《いちじ》拝借《はいしゃく》、先日、もっとも有望《ゆうぼう》な事業に、投資《とうし》致《いた》し候《そうろう》間《あいだ》、今は送れねど、他日《たじつ》その事業成功の暁《あかつき》には、百倍にして必《かな》らず御返却申し上《あ》ぐ可《べ》く、何卒右御諒承《なにとぞみぎごりょうしょう》願《ねが》いたく。右取りあえず御返《ごへん》書《しょ》まで。　草々

三千代は、ぽかんとした。これで、ついに折角《せっかく》のピアノ寄附も、むなしい夢となった。ひと財産を、へんな事業慾《じぎょうよく》や株《かぶ》で失った、あの伯父のこの度《たび》の事業の成功の暁《あかつき》など、とても千年万年《せんねんまんねん》待ったとて、その暁が来るはずはないと思えた。

ああ、ここの校長さんの金鉱《きんこう》事業といい、伯父さんの事業といい、なんと、男は事業が好きで、はたに迷惑《めいわく》を及《およ》ぼすのかと——三千代は、しょんぼりした。

駅に降りた青年

伴先生の受持《うけもち》の生徒、奥山さんのお父さんは、さっき橋の上で、伴先生と会ってから、すぐ、そのボロ車《ぐるま》を駅の前へ廻《まわ》して、降りる客を待った。

この街へ降りるお客は、東京から来た不案内《ふあんない》の旅人《たびびと》でもなければ、あんまり車になどは乗らない。何に乗らないでも、すぐ荷物をかついで、スタコラスタコラ歩けば、町中《まちなか》どこへでも行《ゆ》ける小さい町だから。

「チェッ、今日もあぶれるかな」

と、奥山運転手は、もう客を諦《あきら》めて、バットを退屈《たいくつ》そうに吸っていると、そこへ改札口をいま通って来た一人の若い男が、車に近付いて来た。

その若者は、なかなか伊達《ダンディ》な格子縞《チェック》の春の背広《せびろ》に、赤革《あかがわ》*の靴《くつ》、レインコートを片手に、小さいボストンバック型の小鞄《こかばん》をさげていた。

（これは、なかなか上等のお客様だぞ）

と、奥山運転手は、よろこんで車の扉《ドア》――片側より開かぬ――を開けて、

「旦那《だんな》、いかがです、どちらまで」

と、声をかけた。

格子縞《チェック》背広の気取《きど》った、都会風の青年は、なんにも言わず、そのボロ車――いささか古びたオーバシューズ*のような車体を、眉をひそめて眺《なが》めていたが、さて昂然《こうぜん》と、

「これは、驚いたねえ、おい、これでも、人間の乗る車かい、東京では、こんなのには、犬でも乗らないぜ」

と、冷笑《れいしょう》した。

その一言が、奥山運転手の感情を、かっと悪化《あっか》してしまった。

「ヘン、東京では、犬でも乗らないか知れないが、ここじゃ、東京から来た、別嬪《べっぴん》の女学

校の先生も、喜んで乗ってくれましたよ」

奥山運転手は、いつかの春の黄昏《たそがれ》、三千代がこの車に乗ってくれたのを、いまだに光栄《こうえい》に思っているらしかった。

「ハハハハ、この町では、女学校の先生が、そんなに偉《えら》いかねえ！　さすがに田舎《いなか》だな」

青年は再び冷笑した。その蒼白《あおじろ》い顔は、そっと女のクリームを塗《ぬ》っているように、手入《ていい》れがよかった。

運転手、奥山君はまたぐっと来た。

「そりゃあ、どこでだって、教育者は偉いさ。きまってらあ」

と、車の扉を、がたんと閉めてしまった。こんな気障《きざ》な客に、乗って貰いたくないという態度を示した。

外《ほか》に見廻したところ、お生憎《あいにく》この小さい駅頭《えきとう》に、駅待ちの車は、もう一台もなかった。高慢《こうまん》ちきの青白い青年紳士（?）も、それには困ったらしく、

「では、謹《つつ》しんで、僕もこの珍奇《ちんき》なる車に乗せて貰おうか」

と言い出した。

「是非《ぜひ》、乗せて貰いていと、頼《たの》むなら乗せてやらないもんでもないがね」

奥山氏は、やっと機嫌《きげん》がなおって、その客の脊《せ》を、いきなり突き飛ばすようにして、車のなかへ押し込んで、自分もひらりと運転台に飛び乗った。そして、大きな声で、客を叱《しか》りつけるように、

「あんた、いったい、どこへ行《ゆ》くんだね?」

と、どなりつける。

「この街に、間島というブルジョアがいるだろう、君」

青年が、なんだか得意《とくい》らしく言った。

「ブルジョアってなんかね?」運転台から、きょとんとした声がした。

「金満家《きんまんか》だよ」青年が答えた。

「なあんだ、金持《かねもち》のことかね、そんなら、そうと早く言えばいいに——間島なら丸源《まるげん》のけちんぼ源七さんの家だね」

「なに、君、けちんぼ源七とは、怪《け》しからんね」

青年は、眉をひそめて、少し驚いた表情だった。

「そうさ、一銭でも無駄《むだ》の金は使わねえってんで、有名な人だから、源七けちんぼさ、みんなそう言っているだよ」

車は、そして走り出した。

（ふーむ、けちんぼ源七……）青年は、失望《しつぼう》したように、がっかりして座席で腕組《うでぐ》みをして考え込んだ。

間島家の甥《おい》

○に源の字を黒く書いたしるしの、白壁造《しらかべづく》りの土蔵《どぞう》のならぶ、河岸《かわぎし》の間島源七木材商《もくざいしょう》の大きな店の、すぐ傍《そば》に、商売柄《しょうばいがら》の檜《ひのき》の香《か》のする冠木門《かぶきもん》*が建《た》ててある。
その門を入ると、その奥が間島家の家族の住居《すまい》だった。

ボロ車を降りると、青年は小鞄を小脇《こわき》にかかえて、いそいそと、その玄関へ馳《か》け込《こ》むようにして、呼鈴《よびりん》をせかせかと鳴らし続けるのだった。

取次《とりつぎ》の女中《じょちゅう》が出ると、息せき切った青年は、

「叔母《おば》さんいるかい、僕、三郎《さぶろう》が来たと、言ってくれ給《たま》え」

「はい、少々お待ち下さい」女中が、奥へ入ろうとするのを、慌《あわ》てて止《と》めた彼は、

「僕、このまま、あがってもいいだろう、ここは、叔母さんの家《うち》だもの、僕はここの奥さんの甥《おい》だからね」

と、早くも靴《くつ》を脱《ぬ》いで、さっさとあがり込んで、田舎育ちの質朴《しつぼく》な女中さんを、可愛想《かわいそう》なほど、まごつかせる。間島夫人の甥と名乗る三郎は、それにかまわず、ずんずん奥へ入ってゆくと、その奥座敷に、東京の百貨店から届いた新調《しんちょう》の衣類の包みを解《と》いて、娘の香世子と覗《のぞ》き込《こ》んでいた夫人の辰子の、うしろで、

「叔母さん、こんちは」

と調子はずれの、いせいのいい声をかけられて、吃驚《びっくり》して振り向くと、そこに、思いも

かけず立っていたのは、辰子の妹の息子で、学校を中途《ちゅうと》でやめて、いまだに、ながいことぶらぶらして、親を困らせている三郎だった。

「まあ、三郎――いつのまに、やって来たの？」

辰子は眼を円《まる》くした。香世子も大きな従兄《いとこ》の三郎の、ぶらりと出現したのに、驚いた。

「僕ね、東京で失敗して、暫《しばら》くぶらぶら流浪《るろう》していたんですが、東京恋しくなって、帰る途中、ここへ寄ったんですよ」

三郎は、叔母さんの前で、呑気《のんき》そうに、あぐらをかいた。

「ほんとに、貴方《あなた》って人にも困ったものね。なにしろ、折角《せっかく》行っていた大学はやめるし、そして、南洋《なんよう》へ働きにゆくと言って、うちの叔父さんから、お金を貰って、それもいつの間にか使ったまま、行方《ゆくえ》もかくしてしまったり……」

辰子は、度々迷惑《たびたびめいわく》をかけられた、この甥にまず小言《こごと》の挨拶《あいさつ》を浴《あ》びせた。

「まあ、叔母さん、久しぶりで会ったのに、そう頭から、がみがみ言わないで下さいよ」

三郎は、しょげて頭を掻《か》いた。

「貴方は、これからいったいどうするつもりなの――」

「さあ、まあ暫《しばら》く此処《ここ》に泊《と》めて貰って、ゆっくり考えますよ」

三郎はポケットから、煙草《たばこ》を出して、すぱりすぱりと吸う。そして従妹《いとこ》の香世子に、

「香世ちゃん、ここの女学校に転校したのかい、東京離れて、つまんないだろ」

などと、お世辞《せじ》代《がわ》りに同情《どうじょう》した風《ふう》を見せる。

「うん、だから我儘《わがまま》してやるの、先生のいうことなんか、きかないつもり」

と、ろくでもないいばり方を見せる。

「だが、先生って言えば、この街じゃたいへんなもんだね、さっき駅から乗って来た、まったく犬も乗らないような、ボロ車の運転手が、この車には、美人の先生がお乗りになったと、いばっていたよ、ハハハハ」

「あ、その美人の先生っていうの、ねえ、母さん、きっとあの伴先生よ」

香世子が言った。

「そうかも知れないね、あれでも田舎のひとには、美人に見えるかねえ」

夫人辰子は、伴先生が御気《おき》に召《め》さないので、その美人説にも、少し註《ちゅう》を入れる。

「伴先生って、いったいなんです？」

三郎が、きょとんとして告《つ》げた。

「この香世子の担任の先生なんだよ、東京からこの春赴任《ふにん》した若い女の先生だが、なかなか理想《りそう》が高くって、から世間知《せけんし》らず*で、私たちを認識《にんしき》出来ないのだよ。ほんとに野暮《やぼ》な先生さね」

辰子は間島家の権威《けんい》を認識しない、三千代の如きは、野暮な娘だと、嘆《なげ》かずにはおられない。

辰子は、そう言いながら、ふっと考えついたらしく、

「そうそう、三郎、貴方だって、少しは高等教育を受けたんだから、この町の女学校の先生ぐらい勤まるだろうねえ……」

「先生？――ええ、そりゃあ、やれと言えば、やりますがね」

三郎も（先生）になれたら、なる顔つきだった。

「まあ、三郎さん、先生になるの、面白いわねえ、そしたら、私毎朝《まいあさ》、素敵《すてき》な自家用車《じかようしゃ》で通学しているから、ついでに乗せてあげるわ」

　と、香世子が、はしゃぎ出す。

「うちの叔父さんは、源七けちんぼと、ニックネームがついているんですよ——道理《どうり》で僕も苦手《にがて》だと思った——こんども、僕ここへやって来たら、うんと小言《こごと》を喰《く》うでしょうね」

　三郎は、叔母さんは甘いと見て取って恐ろしがらないが、主《あるじ》の源七氏は、怖くて仕方がないようだった。

「そうとも、いま叔父さんは、東京にお出かけで留守《るす》だけれども、もし叔父さんが家にいたら、何しに来たッ、南洋へゆくと言って取った金を返せと、叱《しか》られて追い出されるところよ、それに叔父さんと来たら、働かざる者は、食うべからずとか云うお宗旨《しゅうし》*なんだから、三郎も此処《ここ》にいるなら、何かしろと、早速《さっそく》明日《あす》からでも、お店で重い材木《ざいもく》を運ばせられるにきまってますよ」

　叔母の言葉に、三郎はいまにも頭の上に、材木が倒れて来るように慌《あわ》てふためき、

「叔母さん、その香世ちゃんの女学校の先生ってのどうだろうな、頼《たの》みますよ、そして僕ここで暫《しばら》く先生様をして静養《せいよう》します」

飛び入り先生

それから、二三日経っての或る日だった。

朝の授業の始まる前に、校長先生がつかつかと、入って来て、皆の先生に言われた。

「今度、学校の内容を充実《じゆうじつ》させる為に、更《さら》に一人の優秀な新鋭《しんえい》教師を加える事にしました。その人は間島氏の令甥《れいせい》、辻本三郎君です」

と言って、後ろを振り返ると、そこに赤ネクタイをはでに結《むす》んだ格子縞《チェック》の背広で、気取《きど》って立っている青年があった。

「これが辻本君です」

校長が紹介すると、彼《かれ》辻本君は、ちょこっと、首を簡単《かんたん》にさげて、

「やア、どうぞよろしく」

と、まるで口笛《くちぶえ》でも吹く調子で、軽快《けいかい》に言った。外《ほか》の先生は、なんとなく呆気《あっけ》にとられた形《かたち》だった。

「辻本先生は、東京の大学に学ばれて、英語はお得意なので、英語を受け持って貰います」

校長はこういい、それから、辻本先生の職員室での席順をきめるのだった。この狭いみすぼらしい職員室で、一番上席《じょうせき》にいられるのは、教頭《きょうとう》兼教務主任の、お習字と国語、日本《にっぽん》歴史を教えられる男の老先生、白い顎髯《あごひげ》が下つぼまりの三角型の老人で、今盲目《めしい》の前校長刀自《とじ》時代から、勤められた、いちばん古参《こさん》の先生だった。その机の次が、数学の先生で、校長と例の金鉱発見までの苦楽《くらく》の友、鼻の先が少し赤い先生だった。

校長は、教頭と、数学の先生の間《あいだ》に、一つ卓子《テーブル》と椅子を小使《こづかい》に運ばせて、

「では、ここが辻本先生のお席です」

ときめた。

こうなると、今どこからか、いきなり飛び入りの、正体《しょうたい》もろくにわからぬ青年の、この辻本先生は、三千代よりも、はるかに上席の先生になったようだった。

「辻本先生、君の新任式《しんにんしき》の前に、学校内を一通《ひとと》り御案内しよう」

校長は、かう言って辻本先生を、連れ出した。

「あのモダンボーイは、いったい何かね、うちの校長は気がふれたのじゃないか?」

勤勉厳格《きんべんげんかく》な老教頭は、不愉快《ふゆかい》で我慢《がまん》のならぬ気持をありありと表《おもて》に露《あら》わして、顎髯《あごひげ》さえおののいた。

「君、まあそう怒《おこ》り給《たま》うな、それには、わけがあるのでね、実は、あの辻本君は、外《ほか》ならぬ、この街の百万長者《ひやくまんちようじや》ま 間島家《じまけ》のあの奥さんの甥《おい》なんだよ。校長はあの奥さんから頼まれたんで、仕方なく引き受けたのさ」

と、数学の先生で校長さんの無二《むに》の親友が、なだめるように、説明なすった。

「だが、いやしくも、神聖《しんせい》な学校教育に従事《じゅうじ》する役を、単に頼まれたから、誰でも傭《やと》うとは、教育上由々《ゆゆ》しき一大事ですぞ、第一そう、先生の数をふやしたとて、月給《げっきゅう》がよけいかかるだけで、お困りでしょう」

教頭は皮肉《ひにく》と理屈《りくつ》を一緒に、こめた。

「いやいや、それもごもっともですが、まったく私立のこの学校は、いろいろ苦しい内容でしてね、何、校長も実は、あの辻本先生をここへお入れする条件として、間島夫人が今度莫大《ばくだい》な資金《しきん》を校長に貸して下さることになりまして、それで、いよいよ校長も、かねての理想に着手《ちゃくしゅ》出来る次第《しだい》で……」

数学の先生は、いち早く校長さんから聞いていられるらしかった。

「ホウ、それでは、いよいよこの学校の校舎建築《こうしゃけんちく》にも取りかかれますか、それはそれは」

老教頭も、学校を思う一念《いちねん》で、俄《にわか》に嬉しげだった。

「いや、それが――間島夫人から借りる資金は、金鉱事業の資金ですよ」

慌《あわ》てて数学の先生に説明されて、教頭はお気《き》の毒《どく》なほど、がっかりし、

「なに――金鉱の資金……」

と、うなだれてしまわれた。

「然《しか》し、それで金鉱が成功《せいこう》すれば、この学校なんか、立派な校舎にすぐなりますよ」

だが、そんな声を誰も、信ずる者はなかった。三千代も、この学校の前途《ぜんと》を思い、いじらしい生徒の身《み》の上《うえ》を考えて、気が沈むのだった。折《おり》から朝の始業《しぎよう》の鐘《かね》が鳴りひびいた。廊下を走る慌《あわただ》しい生徒の足音が、可愛《かわい》く賑《にぎ》やかに、大人の息吹《いぶき》でいっぱいの職員室の外にこれのみは華《はな》やかに、愛らしくひびいている。

遅刻事件

朝の職員室に、始業《しぎよう》前、少なくとも十分前に、先生方は勢揃《せいぞろ》いするのが、貞淑女学院《ていしゆくじよがくいん》の《先生の御規則》だった。

三千代などは、校長さんのお家《うち》にいるのだから、奥の、その住居《すまい》から廊下を伝わって、校舎の職員室に入れば、すぐゆえ、赴任以来、欠勤《けつきん》も遅刻《ちこく》も、一度もなかった。

また学校を離れた処《ところ》から、お通いになる外《ほか》の先生方も、たいてい、この御規則通りに、十分以上に、きちんと、めいめいのお机の前の椅子に、お掛《か》けになるのだった。

ところが、今度その例外が一つ出来た。

それは、間島夫人の甥の、あの辻本三郎氏が、夫人の紹介で新しく英語の先生になってから——その先生は、朝の始業前になど、十分はおろか、ただの一秒前も早目《はやめ》に出られたことはなかった。

いつもいつも、始業の鐘の音が響き終って、生徒が列をつくって、教室に入った頃、やっと——それも、校舎の正面玄関まで、横付《よこづ》けの自動車で乗りつける——そして、まるで会社の重役《じゅうやく》只今《ただいま》御出勤《ごしゅっきん》という気取ったスタイルで、悠々《ゆうゆう》と車を降りる。

それと一緒に、生徒の間島香世子が、ひょこりと車から降り立って、生徒の昇降口《しょうこうぐち》の方へ笑いながら廻ってゆく。

それが、ほとんど毎朝の風景だった。

生徒たちは、面白がって、教室の窓から、首を出し、

「お寝坊《ねぼう》の先生とお嬢《じょう》さまの御出かけよ」

と、笑った。

それを、職員室のなかで、苦《にが》り切《き》って眺めているのは、老教頭の先生。

「これは、いくらなんでも、このまま打ちすて置くべきでは、ありませんな、*諸君」

と、職員室中を見廻す――が、校長が資金を出して貰う条件で、入ったという辻本先生には、何も言わぬがよいと思われるのか、みな、そしらぬ振《ふ》りをして、そそくさと、各教室に出て行かれる。

そこへ、落ち付き払った足取りで、辻本先生が、やっと職員室へ入って来られる。

「辻本君」

きびしい声で、教頭先生は呼ばれた。

「やア、お早《はよ》う、なんですか?」

年寄の教頭など、少しも怖《こわ》くないぞと言わぬばかりに、若い辻本先生は、わざと平然《へいぜん》と振り向く。

「お早くは、ありませんな。辻本先生は、お早うと言うよりは、お遅《おそ》うの方ですぞ。この職員室には、少なくも——いいですか、少なくもですぞ、最少限度十分前に到着《とうちゃく》すべしという規則が、開校以来、厳《げん》としてあります。貴方《あなた》のように、毎朝あたふたと始業の鐘のあとで、馳《か》けつけられたのでは、とても落《お》ち付《つ》いて、生徒を教える態度《たいど》は持てませんな」

教頭先生は、これでも、おだやかに注意忠告《ちゅういちゅうこく》を与えたつもりだった。

辻本先生は、むっとして我儘《わがまま》らしく不機嫌《ふきげん》な顔になり、

「然《しか》し、そうむやみと形式的に、早く出る必要を僕は認めませんね。なにしろ、僕の受持学課の英語は、毎日二時間目から始まるんですから」

こう言うのだった。

教頭先生の薄い髪の頭から、このとき、ぽっと湯気《ゆげ》が立ちそうに見えたほど、怒りの感情が、お気《き》の毒《どく》にこの老先生の全身《ぜんしん》を支配《しはい》したらしかった。

「君個人として、受持課目が二時間目に始まろうと、どうあろうと、学校の始業は八時なら八時ときまっている。いやしくも生徒を監督《かんとく》する教師たるものは、その前に出勤《しゅっきん》すべしだね」

と、ここで、一息《ひといき》して、さて職員室の机に、いま一人ぽつんと残って、このなりゆきやいかにと、ひそかに息を詰めている、三千代をちらりと、教頭は発見すると、まるで、そこに百万の味方《みかた》を得《え》たるが如く、大声で、

「げんに、そこにいらっしゃる伴先生の如きも、今朝《けさ》は教室へ出る時間は無いのに、ああして早くから来ていられる——君だけ、例外《れいがい》の怠《なま》け振《ぶ》りは許せませんぞ」

教頭は、始めから辻本先生の態度には反感《はんかん》を持っていられるので、毎朝の遅刻に、ますます憤《いきどお》りが烈《はげ》しくなったらしい。

伴先生の三千代は、その時あいにく、一週間にたった一度——朝の第一時間目は、教壇に立つ身体《からだ》の空《あ》いている時間だったので、その場に一人居残《いのこ》っていたのだった。

辻本先生は、教頭先生の烈しい怒りを、よそに平然と椅子に足を組んで、煙草《たばこ》をくゆらし、

「まあ、いずれこの問題は、あとでゆっくり校長の意見を問うことにしましょう」

と言った。

教頭も、黙ったが——今度は三千代の方を向《む》かれて、

「伴先生、間島という生徒は、貴女《あなた》の担任のクラスの子でしたね」

「はあ、間島香世子は、そうでございます」

三千代が答えると、

「質素《しっそ》を旨《むね》とする筈《はず》の生徒たる者が、毎朝先生の一人と自動車で、校舎の表玄関に始業前、乗りつけるのは、間違っていますぞ、貴女から、よく訓戒《くんかい》して置いて下さい」

と、きっぱり教頭は言われた。

陰謀

その日の放課後《ほうかご》——間島香世子は、まるでマラリヤ*の熱病《ねつびょう》にでも、取りつかれたように、眼をぽっと熱くさせて、身体中発熱《はつねつ》させたように不機嫌《ふきげん》な弱った風《ふう》で、家へ帰ってゆく。
そして、いきなり母の部屋へ馳《か》け込《こ》むや、どさりと、石でも投げるように、教科書の鞄

を荒々《あらあら》しく畳《たたみ》に投げつけて、

「母さん、あの伴先生たら、そりゃ横暴《おうぼう》で意地悪《いじわる》よ——今日教室のなかで、みんなの前で、私に恥《はじ》をかかせたの」

といいつけた。

「え、あの女の先生が、また私たちに、底意地《そこいじ》の悪《わる》いことでもしたの?」

間島夫人辰子は、伴先生に対しては、あの初対面《しょたいめん》の、教室の席の問題以来、こころよくないので、伴先生と聞くと、もう眉をよせて苛々《いらいら》する。

「自動車に乗って通学《つうがく》するのは、校風《こうふう》に背《そむ》いて、外《ほか》の生徒の見せしめにならないって、叱《しか》るのよ——だってねえ、どうせ家《うち》に車があるんだもの、乗って行ったって、誰のお邪魔《じゃま》にもならないじゃありませんか。だのに病身《びょうしん》で足でも動かないと言う理由がなければ、明日《あした》からけっして自動車で通うべからずって、みんなの前で、お小言《こごと》なのよ」

香世子の口をとがらす報告《ほうこく》に、その当の娘より、母の辰子が、いきりたって、

「おおきにお世話《せわ》さまですね、香世子にはちゃんと母親の私がついていますよ。籠《かご》に乗せ

たからって、車に乗せたからって、なにも、いちいち学校の先生に、費用を出して貰いはしないし、それどころか、あの学校はこの家から、たくさんお金を校長さんに貸《か》してあげるのですよ。それを知りもしないで、大事なおとくい様の生徒に、そんな小言を言うなんて、向うみずも、程《ほど》がありますよ。呆《あき》れた莫迦《ばか》な女の先生だこと」

辰子は一気にしゃべり続けて、まったく腹が立って立って、どうしていいか、わからないと言う調子だった。

「ねえ、伴先生は綺麗《きれい》で優しくって、素敵《すてき》だって、級《クラス》のみんなは、とても騒《さわ》いで崇拝《すうはい》しているのよ。そりゃあたいへんなの」

香世子の言葉に、

「何が、あんな先生を崇拝する手が、あります。そりゃ、あの学校の生徒が、田舎者で、なんにも知らないからですよ」

辰子は、伴先生が、先徒に崇拝されるという事も、いまいましい様子だった。

「ともかく、校長に談判《だんぱん》して、あんな先生は早くやめて東京へ帰って戴《いただ》くことにでもするんだね」

と、いきまいているところへ、甥の辻本先生が、お帰りだった。

「やア、今日は教頭に、こっぴどくやられましたよ、第一《だいいち》教師たるものが、遅刻して車で駆けつけるのは、いかんとね」

彼は仰山《ぎょうさん》に頭を掻《か》いて見せるのだった。

「香世子は、香世子で伴先生に、ひどく叱《しか》られたんだそうですよ、ほんとに、この家から学校へ通う、先生と生徒が、みなそれぞれ叱られるなんて、間島家の権威《けんい》にかかりますよ。ほんとに貴方《あなた》も男のくせに、意気地《いくじ》なしねえ」

辰子は、甥《おい》の三郎さんをまで、叱り飛す。

「教頭に叱られたあと、また家で叔母さんに、やっつけられては、僕もしみじみ閉口《へいこう》だなあ」

と弱ってしまう。

「そんな叱られ先生だから、三郎先生は、まだ生徒の人望《じんぼう》がないのよ。そして伴先生なん

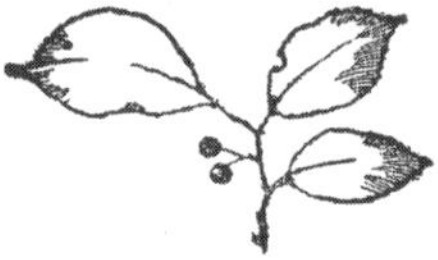

て、とても大変よ、みんな大騒《おおさわ》ぎよ」

香世子も、従兄《いとこ》の辻本先生を軽《かろ》んじてしまう。

「なるほど、伴先生は職員室でも評判《ひょうばん》がいいんだよ。今朝《けさ》なんか、教頭先生曰《いわ》く、伴先生なぞ、朝の第一時間目の課目はなくとも、ああして、ちゃんとお出かけですとか、なんとか、言って、僕のお手本《てほん》にしろとばかりに、褒《ほ》め立《た》てるのさ。しゃくにさわるね」

三郎も、伴先生には、何か腹でも立つようだった。

「その伴先生が、いる間は、私たちは、香世子も貴方《あなた》も学校で恥をかかされ通しかも知れないよ。どうかしなければ……」

辰子夫人は吐息《といき》した。

「いったい、そのオ、伴先生って、あの人は、どうして、そう生徒や校内に人望があるんです?」

三郎先生は、自分がこんなにスマートで若い青年教師だのに、その自分より、はるかに女の伴先生が、生徒に崇拝されているというのが、不可解《ふかかい》でならなかった。

「それは、始めて学校へ来た時から、新聞に出て、とても人格者《じんかくしゃ》のように言いはやされたんですよ。ねえ、そうだったねえ、香世子。そら汽車のなかで、どこかの棄児《すてご》をひろって来たとかって、その子が『お姉ちゃんお姉ちゃん』て慕《した》うので、とうとう自分の傍《そば》へ置いて世話しているので、まるで女神《めがみ》のように、生徒たちは思っているんでしょう」

辰子は、その事件を思い出して言った。

「そうよ。その記事が新聞に出たら、或る篤志家《とくしか*》から、何百円だか伴先生のところへ送って来たりして、あの学校の名と、新任の伴先生の名が、いちどに有名になったのよ。生徒も、その棄児を可愛《かあい》がっているのよ」

香世子も、棄児事件を説明した。

「ホウ、あの若い女の先生が、人の棄児を養《やしな》っているって。フン、そんなことで人望が集められるんなら、これから僕も棄児をひろって来ようかなあ、ハハハハ」

三郎先生は笑った。

「笑いどころじゃありませんよ。貴方なんか、いまに不評判《ふひょうばん》になって、学校から先生を断《ことわ》られますよ。少ししっかりなさいよ」

辰子はぷりぷりしていた。

「なに、大丈夫、新聞の棄児事件で、伴先生が有名になったのなら、その反対で、あの先生をぺちゃんこにやっつけることも出来ますよ。まあ叔母さん待っていらっしゃい。この街の小さい新聞社に、僕が名文を投書して見ますよ」

三郎は、ぷいと立ち上った。

――この家《や》の主《あるじ》の源七氏は、まだ東京の商用《しょうよう》から帰宅しない。従《したが》って、この邸《やしき》のなかは、辰子夫人を中心に、香世子と三郎の話と笑い声で、その息でいっぱいだった。

＊　＊　＊

二三日の後《のち》に、この街にある二つの新聞の、一つの少しよくない気風《きふう》の新聞に、でかでかと、こうした記事《きじ》が掲載《けいさい》された。

棄児《すてご》をひろったとは真赤《まっか》な噓《うそ》。

貞淑女学院女教師《じょきょうし》の偽善行為《ぎぜんこうい》

と題して、次に、こうした言葉が、下品《げひん》に憎々《にくにく》しく連《つら》ねてあった。

貞淑女学院の女教師、伴三千代は、この春赴任の途上《とじょう》、列車中にて哀《あわ》れな女の児の棄児をひろい、手許《てもと》にて養育中と、あだかも、慈愛《じあい》の女神《めがみ》の如く、世人《せじん》をあざむき自家宣伝《じかせんでん》を為《な》したれど、この程委細調査《いさいちょうさ》によれば、その棄児とは、真赤な噓にて、実は、伴三千代のひそかに生める父《てて》なし児《ご》との事、判明《はんめい》せり。それとも知らず、かかる不品行《ふひんこう》な女教師を、有難《ありがた》がって教師となし、純《じゅん》な少女の教壇に立たしむる。学校当局者の無責任《むせきにん》は、いかに経済困難《けいざいこんなん》な貧弱《ひんじゃく》な学校といい、驚きに堪《た》えぬ云々《うんぬん》。

その朝、三千代は、あの棄児の——いまは自分を母とも姉ともなついて安心している、しいちゃんを部屋に残して、校舎の職員室に入ると、室内の先生方は、一枚の新聞を引っ張り合って、のぞき込み——みんな、ひそひそ話し合っている様子が、へんだった。

「こういう事実がある以上——この学校のまさに死活問題《しかつもんだい》ですなあ」

と、いきなり大声を出したのは、いつになく今朝は、早く御出勤の辻本先生だった。

三千代は、いったい、なにが学校の死活問題かわからず、自分の椅子に、かしこまって、朝の教課の下調べをしていると、そこへ烈《はげ》しい足音で、校長が一枚の新聞をつかんで入って来て、つかつかと、三千代の前に、突っ立ち、

「伴さん、これは本当ですか、貴女《あなた》は、そんな優しい顔をして、僕たちを舌の先一つで、たぶらかしていたのですか、怪《け》しからん」

と、烈《はげ》しい権幕《けんまく》だった。

「まあ、なんでございますか、舌の先一つで、私が皆様を、たぶらかしたとかは?」

三千代は、まったく——いきなり大砲《たいほう》の弾丸《たま》を受けたように、驚かされた。

「こ、これを読んで見なさい」

校長は、ガサガサと音たてて、新聞紙をひろげて、三千代の前に突き出した。

三千代は、問題はこの新聞紙かと、眼をさらすと、自分の名が大きく出ていたのだった。

一つの信念

思いもかけず、あの棄児の静《しい》ちゃんが、自分の隠《かく》し児《ご》という、まことに不可思議《ふかしぎ》千万《せんばん》な想像説《そうぞうせつ》の新聞記事で、校長は我が校の名誉《めいよ》問題とばかり、真赤にふくれ上って詰問《きつもん》されるが、三千代は身《み》に覚《おぼ》えのない事とて、なんとも呆《あき》れて言い様がなかった。

だが、黙っていては仕方がない、ともかく、この春東京から、この街へ出かけて来る途中の車中の出来事、あの静ちゃんをひろうに到《いた》った顚末《てんまつ》を、委《くわ》しく事細《ことこま》かに、再《ふたた》び告げたのである。

「ふむ、それは貴女も、ここへ赴任当時、わし達に告げられた話だが——それは、ともかく、すでに、こういう問題になってしまっては、事《こと》の真偽《しんぎ》はともかく、この学校が社会に大きい誤解《ごかい》を招《まね》く基《もと》となるので、この際、いさぎよく教職をしりぞいて戴きたいですな――お気の毒だが、そう願いましょう。実は先刻《さっき》も、街の有力者《ゆうりょくしゃ》、この学校の熱心な後援《こうえん》者《しゃ》の間島夫人からも、電話で、きびしく言って来られた、そういう女の先生に、自分の大事な娘をお預《あず》けして置くわけには参らんと……」

校長が、三千代に退職《たいしょく》を迫《せま》る裏面《りめん》には、こうした間島夫人辰子の電話も、有力な原因となっているらしかった。

この校長の声に、職員室はしいんとした。伴先生の立場《たちば》に、皆同情したのであろう。

そのなかに、一人《ひとり》例の辻本先生は、悠然《ゆうぜん》と煙草《たばこ》の烟《けむり》を吹いて、事の成り行きおかしげに、三千代の様子をじろじろ見つめていた。

折から始業の鐘が鳴り響いたが、室内の先生たちは、すぐ机の前を離れかけて、もじもじしていられた。この問題が気になるのであろう。

そこへ職員室の扉《ドア》を開けて、現れたのは、校長夫人比奈子だった。

その比奈子に、手を引かれて入って来られたのは、盲目《めしい》の老刀自《ろうとじ》である。

「貴方《あなた》、お母様が、伴先生の事で、申し上げることがおありなそうで、いらっしゃいました」

比奈子夫人は、良夫《おっと》の校長に言われた。

「なんですか、この学校の煩《わず》らわしい事件は、私が一切片付けますから、もう年寄《としよ》りのお母さんは、気をもまん方がいいですよ」

校長は盲目《めしい》の母を振り返った。教頭は老刀自の為に椅子をすすめる。刀自は落ち付いて、その椅子に黒の被布《ひふ》の姿で腰かけ、所謂《いわゆる》心眼《しんがん》で、じいっと職員室のなかの光景を、見廻される様子だった。

「年寄《としより》の私が、こうして久しぶりで職員室へ出て来たのも、一言《ひとこと》心から申し上げたい事があってです――今朝《けさ》比奈子から聞けば、何やら伴先生の悪い噂《うわさ》が、この街の新聞に出たとかで、それで、あの間島の奥さんが、伴先生に子供は預《あず》けられんと、電話でガンガンおっしゃったそうじゃが、それは、あの奥さんの、そそっかしいお考えで、あの児が、伴先生のほんとのお児か、どうか、よく取り調べもせぬうちに、伴先生を悪い方と、おきめするのは、早過《はやす》ぎますぞ、それを申しに私は、のこのこ此処《ここ》へやって来ましたわい」

刀自は、わが息子を、いましむる如く、見えざる眼《まなこ》を、校長に向けた。

それに続いて比奈子夫人も、言葉静かに、

「伴先生は、私が昔女学校で、生徒としてお教えした方です。昔の教え児の伴さんの性質《せいしつ》は、私が誰よりも保証いたしますわ。けっして、そんな卑怯《ひきよう》な偽善的行為《ぎぜんてきこうい》で、世《よ》を欺《あざむ》く方でないと、はっきり申し上げます」

校長は、苛々《いらいら》して頭に手をやり、困ったように、

「それは、まあ伴先生も何か誤解されて、いられるのかも知れんが――なんと言っても、学校は世間《せけん》の信用が大切だし、そこへ持って来て、生憎《あいにく》間島家は、この学校の後援者で、今度も多額《たがく》の金を貸して……」

と、思わず口走《くちばし》ってしまった。

この時教頭は慌《あわ》てたように、椅子をそそくさと立ち上り、

「さあ、生徒は教室で待《ま》ち呆《ぼう》けしていますよ」

と、外《ほか》の先生を、うながして職員室を出てゆく——あとには校長夫妻と老刀自と、そして三千代が残った。

三千代は、さっきから、うなだれて考えていたが、決心して、声もさわやかに、

「いろいろ私の事で、御心配をかけ、申《もう》し訳《わけ》ございません。こういう不幸な誤解を受けましたのも、私の不徳《ふとく》からで、ございますから、責任《せきにん》を帯《お》びて、いさぎよく辞職《じしょく》させて戴きます」

その言葉に、比奈子夫人の眼に、そっと涙が浮かんだ。

「伴先生、神様が下界《げかい》を見通していられますぞ、貴方《あなた》が真《しん》に悪いか、いいか、いまにわかります。私は貴女を立派な方、あの児は、貴女の慈愛《じあい》の手にひろわれた棄児と、確かに信じています」

老刀自は、力強く言う。

「まあまあ、伴先生が、あんな児をひろって、受け取り、傍《そば》で養《やし》なったりされたのが、い

わば誤解《ごかい》を招《まね》くもととなって、甚《はなは》だお気の毒だが……」

校長も、さすがに、三千代の潔白《けっぱく》は信じているようだが、何しろ有力な後援者間島家の夫人の御機嫌《ごきげん》を損《そん》じまいと、それに気が取られている様子《ようす》だった。

実母出現

今日は、伴先生が、この学校を去る告別《こくべつ》の日だった。

校門のさくら咲く春に、東京から、はるばる赴任した、この若い美しい女の先生は、花が散って、葉桜《はざくら》となり、この小さい地方の街が、若葉《わかば》青葉《あおば》で埋《うず》まり、夏の近づく頃、早くも、或るいまわしい誤解によって、惜《お》しくも学校を立ち去るのだった。

受持の三年の級の生徒は、その日は世にも、もの悲しい表情で、母に姉に永遠《えいえん》に別れるような、離別《りべつ》の哀愁《あいしゅう》に、沈《しず》み切《き》っている。

伴先生が、生徒に告別の辞《じ》を述《の》べるのは、その朝の始業前の時間だった。そして、受持の級の教室へも一寸《ちょっと》出られたあと、すぐ荷を引《ひ》き纏《まと》めて、伴先生は、その思い出多い街の駅から、東京へ立ち帰るの予定だった。

「伴さん、あの静《しい》ちゃんは、どうなさいます。いっそ貴女《あなた》の潔白《けっぱく》を証明する為にも、この際、手離《てばな》して孤児院《こじいん》なり養育院《よういくいん》へおやりになっては如何《いかが》ですか」

校長夫人比奈子は、伴先生の悪い誤解の原因となった、あの静ちゃんを手離すことを、すすめられた。だが、三千代は首《くび》を振《ふ》った。

「いいえ、私はどこまでも、あの児を育ててあげましょう。あの児は、もう私なしでは、どこにもいられぬでしょうもの——私を信じて、あの小さい魂《たましい》のすべてを任せて、毎日嬉々《きき》として、安心して暮しているのを見ると、今更《いまさら》どこへ追いやれましょう。私は東京へも連れてゆき傍へ置いて暮して参ります」

と、決然《けつぜん》と答えるのだった。

「でも、貴女が、そんな事をなされば、ますますこの街の人は、いよいよあの児は、貴女のほんとの隠し児だったと、思い込んでお損《そん》ですよ」

比奈子夫人は、親身《しんみ》で忠告されたが、三千代は、かたくその信念を変えず、

「それは確かに、損かも知れません。でも、そうした損徳《そんとく》よりは、一人の哀《あわ》れな小さい者を守る使命《しめい》を、偶然神様《ぐうぜんかみさま》から授《さず》かったと思う信念が、今の私に強く動いているのですから」

三千代は、あくまで、静ちゃんを連れて東京へ戻る、ひたむきの熱情《ねつじょう》をひるがえさなかった。

その問題の中心の静ちゃんは、自分の存在《そんざい》が、はからずも、三千代の不幸《ふこう》な立場《たちば》を招く原因になったとも、夢には知るよしもなく、

「私、お姉ちゃまと東京へ行《ゆ》くのよ」

などと、はしゃいで、三千代の荷物の傍で、無心《むしん》に遊んでいる、その可憐《かれん》の姿を見ると、三千代は、胸が痛くなる思いで、どうしても、この児を棄ててはゆけぬ決心が、強まるばかりだった。

やがて、その朝の伴先生告別《こくべつ》の式が、始まる時間となった。三千代は今日こそ別れゆく、

この校舎への廊下を渡る——講堂もまだ無いまま、教室二つを併合《へいごう》して、この春の就任《しゅうにん》の披露《ひろう》の時のように、そこに生徒は集められた。

三千代は、そこへ静かに入ってゆく。三学年の受持の生徒たちは、もう今から涙《なみだ》ぐんでいる。なかにも瀬川弓子の双《そう》の眼《まなこ》は、もうゆうべお家《うち》で泣いて来たらしく、瞼《まぶた》がどこか重くはれている。

校長もさすがに、苦い困った顔をして、正面の椅子に控《ひか》えられた。外の先生達も黙って白《しら》けた感じで椅子に目白押《めじろお》しに、ならんでいられる。

そのなかで、辻本三郎先生は、まるで輝かしい勝利者のような表情で、ズボンの脚を軽く組んで、反《そ》りかえっている。

校長は、やおら立って、正面の壇上に登り、この度《たび》、伴先生の止《や》むを得《え》ぬ一身上《いっしんじょう》の御都合《ごつごう》で、退職の報告を、全生徒に告げようと、一歩、二歩、壇へ近寄った時、慌《あわただ》しく、この学校の小使爺《こづかいじい》や*が、走り込んで来た。

「校長先生、いま、一人の女の人が、自分の子を引き取りに来たと申して、馳け込んで参りました――」

慌《あわ》てふためいた大声だった。と思うと、その小使爺さんの背後《はいご》から黙《だま》って、早くも侵入《しんにゅう》して来たらしい、一人の婦人《ふじん》が、昂奮《こうふん》した調子で、烈《はげ》しく口早《くちはや》に、叫《さけ》んだ。

「この学校の伴先生のお育てになっている、あの静枝《しずえ》という女の児は、確かに私の棄《す》てた児でございます。私は汽車のなかで、あの児を棄てました。そして一時は死のうと思いましたが、あの児を思うと、それも出来ず、途方《とほう》に暮《く》れて、××市の旅館に一晩泊《ひとばんとま》って、行《ゆ》く末《すえ》を考えておりましたらその日の新聞に、私の棄てた児は、この学校の伴三千代とおっしゃるお若い先生が、お引き取り下すって、そのお情《なさけ》で、無事《ぶじ》にあの児もいるということに、それでは死んではならぬ、必ず将来《しょうらい》その先生のところへ、棄てた母と名乗って行って、お詫《わ》びをして、その児を受け取れる母となりたいと、思い立ち、その日から、そこの旅館の女中となって、働き、そのお給金《きゅうきん》を蓄《た》めて、晴れてあの児の母と名乗って、ここへ伺《うかが》う日を楽しみに、働いておりましたら、先日の新聞に、その大恩人《だいおんじん》の伴先生が、私の不心得《ふこころえ》に弱い心から棄てた児を、ひろって下すったばかりに、とんだ悪いお噂《うわさ》を立てられてあるのを読みまして、これでは申しわけない、一日も早く、伴先生へ御恩返《ごおんがえ》しの為にも、正直《しょうじき》に私が棄てた愚《おろ》かな母ですと、名乗って出ねば、と今日××市から、こうして出て参りました」

と、息も声も乱れつつ、伴先生の悪名《おめい》をすすぎたい一心《いっしん》で言い続けるのだった。

全生徒と、居ならぶ先生たちは、一同ただ呆気《あっけ》に取《と》られて、総立《そうだ》ちとなって、その婦人の姿を振り返って眺め、ざわめき立った。

「気高《けだか》き伴先生万歳《ばんざい》！」

と夢中で叫ぶ可愛《かわ》ゆい声が、突如《とつじょ》として起きた。それは三学年生の列の中から、瀬川弓子の必死《ひっし》となって叫ぶ声だった。

そのなかで、あの辻本先生は、ひと眼、その婦人の姿を見るなり、蒼《あお》ざめて慌《あわ》てて顔を伏《ふ》せ、ただならぬ様子だった。

その時、奥の住居から、今しも静ちゃんの手を引いて、眼の不自由な身体に、廊下を足さぐりで辿《たど》りつつ、ここへ現れたのは、黒のお被布姿《ひふすがた》の老刀自《ろうとじ》の姿だった。

刀自は静かにその婦人の前へ立ち、

「貴女《あなた》のお棄てになった児は、伴先生の優しい心で救われて、今日まで無事《ぶじ》に、こうして私の邸《やしき》にいましたよ。さあ、伴先生にお礼をおっしゃい。その女神《めがみ》の如き伴先生は、あすこにいられます」

と、見えざる眼にも、美しく気高《けだか》い伴先生の面影《おもかげ》は宿《やど》る如く、壇《だん》の傍《そば》の職員席を指《さ》された。

「ああ、有難《ありがと》うございます有難うございます」

涙にむせぶ母の膝へ、

「お母ちゃん！」

と、一声、馳《か》けよって取《と》り縋《すが》る、静《しい》ちゃん。それを、犇《ひし》と胸に抱《だ》き締《し》めて、

「母ちゃんが莫迦《ばか》だったの、悪かったの、かんにんしてね、静ちゃん！」

と、涙の声を張り上げて、転《ころ》ぶように、その静ちゃんの母は、伴先生の前へ走りよりくたくたと膝をついて、

「先生、なんと御礼を申し上げましょう。ただただ、私ども母子《おやこ》の生命《いのち》の恩人《おんじん》でございます、そして私ゆえに、とんだ御迷惑《ごめいわく》をおかけして……」

と、床《ゆか》に頭をすりつける。その手を優しく取って、強《し》いて立《た》ち上《あが》らせた三千代は、

「よくこの静ちゃんを迎《むか》えに来て下さいました、私も今日まで、お世話していた甲斐《かい》がございます、嬉《うれ》しくて嬉しくて」

と、心からの感激《かんげき》に涙《なみだ》ぐむ。この美しい光景に、校長も自分の今までの早まった態度を悔《く》いたり恥《は》じたり、慌《あわ》て込《こ》んで、その婦人を叱《しか》るように、

「これはこれは、実に驚《おどろ》いた！　そんなに実母が、ちゃんといたなら、よく調べればよかった——だが、なんだって、また貴女は、こんな可愛《かわ》ゆい児を汽車のなかへ、棄てたりしたのかね？」

と質問する。

「はい、まことに申しわけございません。それと申すのも、私の愚《おろ》かからでございます。私はあやまって、軽薄《けいはく》な男をこの子の父として、この児を生みました。その父親に当る男

は、私とこの児を棄てて、一年も二年も行衛《ゆくえ》をくらましてしまいました。後に取り残されて、母子は生活にも、いよいよ困り、私は、この子もろとも自殺を決心したのですが、せめてこの児だけは、世《よ》のお情深《なさけぶか》い方の手になりとお救い戴けたらと、それを頼《たの》みに、汽車のなかに棄てた次第《しだい》でございます」

婦人の眼から、熱《あつ》い涙が、ハラハラとこぼれ落ちる、一同はしいんとして聞き入る。

その婦人は泣きつつ、校長と伴先生の前で、わが身の上を語って、恥じ入るように伏せた眼を、やがて、そっとあげた瞬間《しゅんかん》、そこに居ならぶ、この学校の先生の席を見た——が、

「あっ！」

と、いきなり大きな驚きの声をあげて、狂《くる》ったように叫んだ。

「ああ、これは、なんとした事でしょう！　あの男が——私とこの子を振《ふ》り棄《す》てて、行衛《ゆくえ》をくらました、世《よ》にも冷酷《れいこく》な男が、ここに——その、辻本三郎こそ、私とこの子を棄てて行った無責任《むせきにん》な怖《おそ》ろしい父親でございます！」

と、つかつかと辻本先生の前へ、突《つ》き寄《よ》ろうとした。

さっきから、逃《に》げ腰《ごし》になっていた辻本青年が、いきなり、背を向けて、その席から逃げ去ろうとするその前に、立ちふさがるように、盲目《めしい》の老刀自《ろうとじ》は、毅然《きぜん》として、見えざる眼《まなこ》の貴《とうと》き心眼《しんがん》に、はったと辻本先生を睨《に》らむが如く、

「辻本さん、貴方《あなた》こそ、今日限り、この学校を退職して戴くことを、伜《せがれ》の校長に代って命じます」

と、その声凛然《りんぜん》として、校内に響《ひび》き渡《わた》るばかりだった。

その時、叢《くさむら》から飛び出した小兎《こうさぎ》のように、三年生の席から、脱《ぬ》け出した間島香世子は、両手で自分の顔を隠して、一散《いっさん》に、その仮講堂《かりこうどう》から、姿を消してしまったので……。

父の秘密

間島家の一室に、今出先《でさき》の山入《やまい》り（木材《もくざい》を切り出しに人夫《にんぷ》を連れて、所有山林《しょゆうさんりん》に入ること）の旅から、電報《でんぽう》で呼び返された、当家《とうけ》の主《あるじ》、源七がそれでなくても、むっつりした顔

を、今日はなおさら難《むずか》しくして坐《すわ》っている。

その前に、甥《おい》の三郎が、身《み》の置場《おきば》のないように、小さくかしこまっている。その傍《そば》に、夫人の辰子が、これは又天下の不機嫌《ふきげん》を一人で集めたような表情で、ツンとしている。

「第一、わしの留守《るす》に、無断《むだん》で三郎を、あの女学校の先生にするという法はない。わしがいたら、必ず反対した筈《はず》だ。三郎のような奴には、その根性《こんじょう》を叩《たた》きなおす為にも、この店の材木《ざいもく》でも、毎日かつがせてやるべきだった」

源七は、辰子と三郎を等分《とうぶん》に睨《にら》みつける。睨まれて二人は返す言葉もなく、唖《おし》のように黙《だま》っている。

「そして、今度のように大恥《おおはじ》を掻《か》くとは、何事《なにごと》か、また、その伴先生のあらぬ噂《うわさ》を、ひろめた奴は誰か、まさか、お前がたではあるまいな」

源七の声の前に、辰子も三郎も、まただんまりの形だった。

「三郎、お前は、その女と子供を引き取る義務《ぎむ》があるぞ」

「は、はい」

三郎は、今はただ何事《なにごと》も叔父《おじ》に逆らえず、ただむやみと頭をさげている。

「だが、口先だけ、そう言っても、お前のような、軽薄《けいはく》な奴《やつ》は、当《あて》にはならぬ。お前が本心から、その自分の子供と、その子を生んだ母親を、これから大事にして一生暮《くら》すという精神が見えるまでは、その子も、その母親も、ここへわしが引き取って、生涯《しょうがい》でも大切に保護《ほご》するつもりだ」

源七の声には、力がこもっている。

「は、はい」

何を言われても、三郎は卑怯《ひきょう》に、ただお辞儀《じぎ》の一手《いって》である。

その時、辰子は不機嫌《ふきげん》を爆発《ばくはつ》させて立ち上った。

「私まで三郎の巻添《まきぞ》いで、一緒に叱《しか》られてはつまりませんわ、失礼させて戴きます」

と、さっさと退場《たいじょう》——間《あいだ》の襖《ふすま》を開けて出て行ってしまう。

後には、三郎と源七ばかり残る。

辰子が立ち去ったのを、源七は怒るどころか、それでかえって安心した様子で、彼は三郎に膝を進めた。

三郎は、叔父の小言《こごと》がいよいよ烈《はげ》しくなるのかと、怖くもなり、頼みに思う叔母もいなくなったので、いよいよ心細《こころぼそ》くじりじりとあとじさりする。

「三郎、何もそう怖がる事はない。わしは、お前にただ小言を言うだけではないのだ、もう少し心《しん》から、しんみりと、男同志よく話して聞かせ訓《さと》したい事があるのだ、よくきけ」

と、前より、はるかに声の調子も柔《やわ》らげて、ほんとに、しんみりと言い出した。

「は、はい。なんでも、よく伺《うかが》います」

三郎は、平伏《へいふく》の形だった。

「お前はまだ若いから、自分の子供への父性愛《ふせいあい》などは、持ち合わせまいが、――わしも、そうだった。若い時は……」

源七は吐息《といき》した。

「ホウ、では、叔父さんも若い時は、僕のように――」

三郎は、まるで、それで、安心でもしたように、ほっとくつろいだ。

「莫迦《ばか》、早合点《はやがってん》をしては困る。わしはお前ほど軽薄《けいはく》な若者ではなかった——だが、ただ一つあやまった事をしたのだ——そして、その過失《かしつ》の償《つぐな》いようもなく——いまだに心で苦しんでいる」

源七は、苦しい表情をした。三郎も、これは一大事と、かしこまって聞き入る。

「わしの、恥《はじ》を言わねばならぬが、わしは、お前ぐらいの若い頃、東京へ出て奉公中《ほうこうちゅう》だった。その奉公先は、昔、その頃日本橋《にほんばし》で『大紋《だいもん》』という大きな呉服店《ごふくてん》だった。今頃のように百貨店がまだ盛《さか》んでない時代でそうした呉服店が栄《さか》えた時だった。わしは、そこで忠実《ちゅうじつ》に一生懸命に勤めているうちに、その大紋の一人娘の婿《むこ》になることになった——いわば、自分の忠勤《ちゅうきん》を見込《みこ》まれたわけだ。そして、女房も身重《みおも》になった。そのうち、わしは、その娘の両親、つまり養父母《ようふぼ》と折合《おりあ》いが悪《わる》くなった。それは店の改革《かいかく》の問題からだった。わしはその頃そろそろ三越《みつこし》とか松屋《まつや》とか松坂屋《まつざかや》とかいう大きな昔からの呉服店が、どんどん外国の商業《しょうぎょう》を見習《みなら》って、百貨店式に改造されて行《ゆ》くのを知って、これはいつまでも『大紋』と昔風《むかしふう》に染《そ》めぬいた大きな紺《こん》の暖簾《のれん》をさげた、昼もうす暗い古風《こふう》な店のなかで、前垂《まえだ》れがけの小僧《こぞう》を使って、火鉢《ひばち》の傍で、商売をしていたら、いつか時代に取り残されてしまうと、考えると、責任があるだけに、気が気でなかった。だから、この徳川時代と変らぬ純日本式の商《あきな》い振《ぶ》りを、思い切って、振りすてて、せめて小さい百貨店式の準備をしてはと思って、そう決心して、義父《ちち》に言うと、大紋の主人のその義父《ちち》は、頭から、かんかんになって怒《おこ》った。そして、そんな新しがりを言う婿《むこ》は、とても心配でこの身代《しんだい》は譲《ゆず》れぬ*とまで怒るのだ——人が折角《せっかく》お店の為を思って計画すれば、それは一つも取り上げられず、ただ叱《しか》り罵《ののし》られるのが、若いわしには、とても我慢《がまん》が出来なかった……今から思えば、それも、まったく若気《わかげ》の至《いた》りの短慮《たんりょ》だったが、その時は、かっとなって（なにを、大紋の店ばかりが、俺のいるところじゃない）と、こっちも怒って、妻も、生れて来る子供も置きざりにしたまま、ぷいと飛び出して、この故郷《こきょう》の街へ帰って、今度は呉服とはちがった材木の商売をやり始めた。大紋の方でも、飛び出した婿の短気《たんき》に呆《あき》れて、そのまま離縁《りえん》——もう何《な》んの関係もなくなった、そして、わしは大紋の家へ、見せつける為にも、奮発《ふんぱつ》して一心不乱《いっしんふらん》に働くうちに、お蔭《かげ》でどうやらまあ今日《こんにち》の成功を見た。そして、大紋の方はというと、ちゃんとわしの心配した通り、百貨店流行の時勢《じせい》の波に押されて、紺暖簾《こんのれん》の土蔵《どぞう》造りの古い商売は日本橋銀座《にほんばしぎんざ》の通《とお》りから、いつしか姿を消す始末《しまつ》、大紋はついに破産没落《はさんぼつらく》して、店をしまい、その苦労から、気の毒に大紋の老主人夫婦はなくなって、一人娘――つまりわしの女房だった娘は、子供を、――女の子だったときいた、――それを連れて、どこかで長唄《ながうた》の師匠《ししょう》をして、細ぼそと暮していると聞いたがどこにいるやら、たずねてゆく当《あて》もない……」

源七は、ここで言葉を落して、腕組《うでぐ》みをした。

三郎は、まるで一巻の小説でも読み聞かされたように――へえと感心して聞き入っている。

「だが、それ以来――わしの心は年齢《とし》と共に、良心《りょうしん》の苛責《かしゃく》を受けている――自分はどんなに義父と意見が、合わなかったにしても――自分の妻とその子の為に、勝手に家を飛び出したのは、確かに良人《おっと》として、父として、無責任至極《むせきにんしごく》で利己主義《りこしゅぎ》だった、心から悔《く》いている。うちの香世子が幸福《こうふく》に、こうして何不自由なく我儘《わがまま》いっぱいに両親揃った家庭にすくすくと呑気《のんき》に育つのを見るにつけ、ああ、昔短気を起して、飛び出してしまった大紋の家に残した、も一人の我が娘は、どうしたろう？　可哀《かあい》そうに父はなく、母親一人の手に育てられて……と思うと、雨の日も風の日も、この薄情《はくじょう》だった父の胸は痛くうずくのだ……」

源七の眼には、かすかな涙さえ浮かぶ。

「三郎いつか――お前も今、あの静《しい》ちゃんという女の児を振《ふ》り棄《す》ててしまったら――必ず、このわしのように、後日《ごじつ》いくら悔《く》いても及《およ》ばぬのだ――わかったか」

源七は悲しき父性愛《ふせいあい》の苦しみを説《と》いて、若き三郎の心臓《しんぞう》を打つように言い聞かした。

「叔父さん、よくわかりました！」

三郎は、粛然《しゅくぜん》として、叔父の前に両手を突いて首をさげた。

「僕は心を入《い》れ替《か》えます。そして、あの子と、その母親と生涯《しょうがい》離れず、どんなに苦しんでも、必ず自分の手で養《やしな》い、良人《おっと》として、父としての義務をつくします――それが男としての、真人間《まにんげん》の唯一《ただひと》つの道です――よくわかりました」

まるで人物が変ったように、三郎の態度にも、心にも、男らしい力が籠《こも》って現われるのだった。

「よく言ってくれた。それでこそ、わしの昔の恥を言った甲斐《かい》がある――お前さえ、その心になってくれれば、お前は今日からわしの店で一心《いっしん》に働き、その月給で、あの女と子供を立派に養ってゆきなさい。その為にならば、わしはどんな世話《せわ》でもしてやる。今までの過《か》失《しっ》も許《ゆる》してやる――」

源七は、喜びに勇《いさ》んだ声で、甥《おい》を励《はげ》ます。

「有難《ありがと》うございます。叔父さん、三郎は今日から人間が変りました。信用してこれからの僕の働きを見守《みまも》ってやって下さい」

三郎の声も、また生きいきとして、冴《さ》え渡《わた》っていた。

「ああ、それでわしも安心した。嬉しいよ、三郎。これからお前の叔父として、よく世話してやるとも!」

源七は、いまだこの甥にも他《た》の人にも、見せた事のないような笑顔《えがお》を、ほころばさせた。

* * *

この叔父と甥との話は、ただ二人きりの間《あいだ》の秘密《ひみつ》の対話の筈《はず》だった。

辰子も知らぬ。彼女はさっき、自分たちの失敗を良人《おっと》に叱《しか》られるのを、いやがって、勝手にさっさと退場して、奥へ引《ひ》き籠《こも》ってしまったから……。

だが、ここに一人、ひそかに、この源七と三郎の秘密の対話の、すべてを聞いてしまった者があった。それは、源七の娘、香世子だった。

彼女は、学校の伴先生の訣別《けつべつ》の日に、起きた意外《いがい》の出来事《できごと》から、従兄《いとこ》の悪業《あくぎょう》が曝露《ばくろ》し、その席にいたたまらぬ心地《ここち》で、逃げ去るように、我が家に帰ってから、母の前で泣いて、自分の勉強部屋に、沈《しず》み切《き》って、とじこもっていた。

だが、父が出先《でさき》の山村《さんそん》から、この騒《さわ》ぎに飛んで帰って来ると、従兄と母が、父の部屋へ呼ばれて叱られるのが始まったらしい。

いったい父は、この問題を、どう解決するのかしら——私も、もう級《クラス》の人に、学校の先生に、伴先生にも、とても、はずかしくて、明日《あす》から学校にも行《ゆ》けないのに……と、彼女の心にも、憂悶《ゆうもん》が起きて、気がかりのままに、ふらふらと、この座敷《ざしき》へ様子を見に来かかると、もう母はそこにはいないで、座敷のなかでは、父と従兄が、何か秘密げにしみじみと語っている。

香世子は、そこへ入ってゆけば、父に叱られると思って、そっと襖《ふすま》の外で、忍《しの》びやかに、立ち聞きをしていたのだった。

そこで、はからずも、香世子は『父の秘密』を知って、驚《おどろ》きに胸を打たれて、ぼんやりしてしまった。

（ああ、お父様には、私の外《ほか》に、も一人の娘があるのだ――それは私の異母姉《いぼし》――の筈《はず》だ――私は一人娘でない、姉娘《あねむすめ》があるのだ！）

この新しい運命の事実の前に、香世子は気が転倒《てんとう》してしまった。

慌《あわ》てふためいて襖《ふすま》の前から、忍《しの》び足《あし》に香世子は、我を忘れて、勉強部屋に馳《か》け込《こ》むと、机の上のノートに、無意識《むいしき》で、まだ見ぬ姉！　まだ見ぬ姉君！

と文字を書き散らした。

昔の日本橋の大紋という呉服屋に父が、若主人《わかしゅじん》だった時、父の子として生れた、その幸《さち》うすき我が姉は、いま、いずこの空で、母一人と心細《こころぼそ》く暮しているのであろう！

香世子の乙女心《おとめごころ》には、そのまだ見ぬ姉への、同情《どうじょう》と、言い知れぬ姉妹愛《きょうだいあい》の懐《なつ》かしさ、慕《した》わしさが、一度にどっと湧《わ》いて来た。

ああ、私にも、ちゃんと姉さんが、この世に一人いたのだ！　だが、その姉さんに一生行き会えるか、どうかわからぬ、姿《すがた》なき姉！

思うと、さびしく悲しかった。

ああ、もし逢《あ》えたら、どんなにもして、仲よくしたい——そうした、しおらしい心も、香世子の胸に、自然と湧《わ》き出た。

そして、その行方《ゆくえ》の知れぬ姉への、やるせない父《ふ》性愛《せいあい》に悩む父の心が、思いやられて、せつなかった。

（まだ見ぬ姉！）への、思慕《しぼ》と、奇《あや》しい自分達姉妹の、ついに会うすべもなきかと、その、ものがなしさは、香世子にいっぱいに、ひろがり、瞼《まぶた》にそっと感傷《かんしょう》の涙さえ浮かぶのだった。

はからずも、もれ聞いた『父の秘密』は、従兄の三郎の心を入《い》れ替《か》えさせたと同時に、また香世子の少女の心をも、優しく柔《やわ》らかに愛《あい》らしく、かくも変化させるに役立《やくだ》ったので……

まだ見ぬひと

間島源七は、貞淑女学院校長の前に、首うなだれて、かしこまっている。

「まあまあ、間島さん、そうまあ、かたくるしく、お詫《わ》びにならんで下さい――そりゃ、このたびの出来ごとは、むしろ、その責任者は、この小生《しょうせい》*のようなもんでしてな――つまるところ、校長たるわたしが、そそっかしかったんで、あの一点のおちどもない、立派な件先生を、たんなる新聞の投書によって、判断《はんだん》して、辞職《じしょく》をねがったなぞ――まったく、いまとなっては、赤面《せきめん》のいたりに、たえんです――」

まるで、これでは、どっちが、あやまっているのか、わからぬ様子だった。

「なにぶん、私の留守中に、とんだ、おはずかしいことを、妻《つま》が、甥《おい》が、しでかしまして、申しわけありません。だが、甥の三郎の、ためには、この失敗が、かえって、よい薬でした――私が帰ってから、みっしり、叱って言いきかせましたら――あれも、多少は教育のある人間です。どうやら、眼がさめましたようで、あの静《しい》ちゃんという、女の児と、その母親も、もちろん引き取り、結婚《けっこん》して、真面目《まじめ》な生活に入ると、私の前で、涙をながして、誓《ちか》ってくれました。それで、その事件は、いちだんらくで、わたしも、ほっとひと安心しました」

源七は、辻本三郎先生の、あの事件のおわびと共に、そのよい結果の報告《ほうこく》をも、校長に告げるのだった。

「そ、それは、どうも、結構《けっこう》なおはなしで、わたしも、この学校の名誉《めいよ》のために、大いに意《い》を強《つよ》うしました。そりゃあよかった。おかげで、あの伴先生にひろわれて、いままで育てられた静ちゃんも、その母親も、これで、たいへん、幸福になれるというものですな——なるほど（雨ふって地かたまる）——と、よく言ったもんですなあ。これというのも、つまり間島さん、貴方《あなた》の御《ご》尽力《じんりょく》のおかげですよ——貴方は、さすがに、この街きっての人《じん》格者《かくしゃ》でいらっしゃる——」

校長は、わが学校の唯一の後援者の間島氏を、ほめそやす。

校長のおせじなぞには、もとより、よろこびもしない、源七は、

「私のおかげじゃありません。それは、みんな、この学校の模範《もはん》教師とも、言うべき、伴先生の、優しい心の、おかげです。わたしは、今日、その伴先生に、ひとめお眼《め》にかかって、ひとことお礼の言葉を、のべさせて貰いたいのですが。校長、伴先生に、会わせて、いただけますか——おねがいします」

源七は、噂《うわさ》にのみ聞いて、まだ、いちども、会ったことのない、そのまだ見ぬ人の、優しい伴先生に、ひとめ会って、心から、尊敬《そんけい》と感謝《かんしゃ》の言葉を、その若い女の先生に伝えぬ

と、なにやら、気のすまぬ気がするのだった。

「はア、それは、伴先生も光栄《こうえい》ですな。早速《さっそく》、そう申して、此処《ここ》へ連れて来ます。なにしろ、あのとんだ騒ぎで、いったん辞職して、学校を去られるはずに、なっていたので、わたしも、引き止めようなく、実は、明朝《みょうちょう》の汽車で、帰京《ききょう》されることに、なっていますのでな」

　校長は、そう言って、椅子を立ちかける。

「なに！　伴先生は、明朝この学校を、去られるのですか――それは、いかんな。校長、そんな、またと得《え》がたい、よい先生を、なぜ、みすみす手離《てばな》すのですか？　第一、このオンボロな学校から、その立派な伴先生が、いなくなったら、あとには、何が残ります？」

　間島源七の歯《は》に衣《きぬ》きせぬ露骨《ろこつ》な学校の、批評《ひひょう》に、校長はおそれいって、大きな頭を掻《か》いて、

「これはこれは、みごとに一本まいりましたな。まったく、仰《おお》せの通《とお》りで、わたしも、母も、妻も、伴先生の帰京は、引き止めたのですが、いったん辞職を決心して、生徒に告別

の言葉を、贈《おく》った以上、いさぎよく――と、あのひとは、東京生れの江戸《えど》ッ子《こ》気質《かたぎ》でしてね、どうも、われわれ田舎《いなか》っぺえは、かないませんよ――ともかく、此処《ここ》へ呼んで参ります。もう、荷づくりも、出立《しゅったつ》の準備も、すんだようですから」

校長は、そそくさと、その校舎の校長室を飛び出すようにして――廊下づたいの奥の住居に――明日《みょうにち》は、この思い出の校舎も、仮に寄寓《きぐう》していた、校長宅を引き上げるつもりで、あしたの朝を待つ、三千代を、校長は、呼び出しに行ったのだった。

母のおもかげ

校長は、どしんどしんと足音させて、戻って来た。

そのうしろに、はにかんで立っている、伴三千代は――初対面の間島源七という、この町の有力者に、是非《ぜひ》会えと校長に押しすすめられて、引っ張り出された形だった。

源七は、その初々《ういうい》しい優しい姿に、――このわかい娘が――よくも車中《しゃちゅう》の棄児《すてご》を拾《ひろ》って

育《そだ》てて——大きな人助《ひとだす》けの原因がつくれたものか——と、いまさらに感心しきって、椅子を立ち上り、

「貴女《あなた》が、伴先生ですか——わたくしは、間島源七と申します」

「申しおくれました。わたくし、伴三千代でございます」

三千代は淑《しと》やかに、一礼して、源七と向い合わせの、椅子についた。

「わたしの、娘の我儘者《わがままもの》の、香世子が、学校で、えらいお世話に、あずかっておりましたが……」

と、言いつつ——源七は、じっと、三千代の顔を見詰《みつ》めた。——その彼の眼には、三千代の美しい顔を、見詰《みつ》めれば、見詰めるほど、一種異様《いよう》の——ある深い感情に打たれてゆく様子だった。

「いいえ、ろくなお教えも出来ませんで——それに、お名残惜《なごりお》しくも、明日は、この学校にも、お別れして、東京へ帰りますので……」

三千代の、その言葉を受けて、源七は——

「貴女《あなた》は――東京へとおっしゃると――やはり御両親のお宅へ？」

と、問うた。

「いいえ――東京で生れて、育ちましたが、もう、両親はおりません――父は――どうしたのか――私は顔も覚えておりません――私の生れた頃、もう、なくなったので、ございましょう」

「な、なるほど」

源七は、うなずくなり、気もそわそわしてせきこむように、

「で、そのお母さんは？」

ひどく気がかりの様子だった。

「母も、私が女学校卒業の頃、なくなりました……」

三千代は、初対面の人に、わが身の上を語りつつ――さすがに、さびしいわが過《す》ぎこしかたを思い浮かべて――胸がきりきり痛むようだった。

「そう、そうですか――突然、ぶしつけに、はなはだ、立ち入った質問ですが――そのお

なくなりなすった、あなたの、おかあさんの、お名は、なんと申しましたか?」

源七は、遠慮《えんりょ》がちに、しかし、思い切って、根ぶかく、問い詰めずにはいられぬ態度だった。

三千代は、自分の身の上、その母のことに、この今日はじめて会った間島氏が、異状《いじょう》の関心《かんしん》をもっているのに、驚き、いぶかりつつも――

「――伴かよ――と申しました……」

「うーむ……」

源七は、うしろに、のけぞるように、烈《はげ》しい衝動《しょうどう》を受《う》けたごとく――ながく、うなった。

三千代も、校長も――この意外のことに、おもわず、眼をみはる。

「……三千代さん、貴女《あなた》は、なくなった、そのお母さん、かよに、生きうつしじゃ――わたしは、さっき、ここで初めて、あんたの顔を見た時――たしかに、似ている――他人《たにん》の空似《そらに》か――しかし、不思議だと、胸がどきんとして、穴のあくほど、あんたの顔を見詰めたのじゃが――ああ、やっぱり、そうだったか!」

そう言う源七の眼《まなこ》に、うすく涙のようなものが、きらりと光るのだった。

「間島さん、貴方は、では、伴先生のお母さんを、むかし、東京で、ごぞんじだったんですか？」

校長も、膝を乗りだした。

「ごぞんじどころか――わたしは、この三千代さんの、なくなった母とは、いちど、結婚した男です。わたしは、三千代さんの生れた、日本橋大紋の婿養子《むこようし》に、いったんなっていたのです！」

「ええっ、では、では――つまり」

と、校長は、きょろきょろ眼《め》をさせて、三千代と、源七を見まわしつつ、

「つまるところ――この伴先生は、間島さん、貴方の娘さんというわけですか！」

「そう――そうです――三千代さんは、わたしのむかしの娘のはずじゃが――だが、この悪い父親は――妻子《つまこ》をすてて来た以上、『父』とも、いばって言えぬ、なさけない男じゃ――わが娘の前で面目《めんぼく》ない……」

源七は、うなだれた。膝に重ねた、彼の掌《てのひら》に、一雫《ひとしずく》……二雫《ふたしずく》……水のしたたりが、眼から、こぼれ落ちた。

「こ、これは——」

ただ、あまりのことに、吃驚《びっくり》させられて、さすがの校長も、口を開けたまま、言葉もなかった。

「わたしは、別れて十何年——一日も忘れぬほど——心の底には、この子の母親のことも、この子のことも、気にはかかっていました——だからこそ、この春も、この土地の新聞に、棄児《すてご》をひろった伴先生と聞いた時——はっと思った——だが、同じ名は偶然《ぐうぜん》ある——よもや、十何年前《ぜん》残したその娘が、いつの間にか、女学校の先生になって、ここへ赴任してくるとも、考えようがなかった。

母親のかよが、大紋の店が没落《ぼつらく》してから、どこぞで、長唄《ながうた》の師匠《ししょう》をして暮しているとか、聞いたので——或いは、もしや芸妓《げいしゃ》にでも、売られはせぬかと——そんな方の、よけいな心配をしつづけて来た、ちえのない父親じゃった——が有難《ありがた》い——親はなくとも、子は育つ――こうして、立派に高等教育を受けて――いい先生になっていたとは――」

源七の声は、男の――父の涙に、とぎれた。

「――私が、あの静《しい》ちゃんをひろったという、新聞記事の出た時――差出人不明《さしだしにんふめい》の五百円のお金を、お送り下さったのは――お父様でしたか？」

三千代は、はにかみながら――一生懸命でお父様という言葉を、生れて初めて、うれしく、口にのぼらせた――勇気を振りしばって。*

その、お父様という言葉が、どんなに、うれしく耳に聞こえたのか――源七は、

「ハハハハ、そうだ、このお父様だったよ、三千代！」

これもまた（三千代）と、わが娘の名を、父の愛をこめて、呼びずてに！

「こ、これは、めでたい、早速《さっそく》、母も妻も、呼んで――知らせましょう！」

校長は、あたふたと――刀自《とじ》と奥さんを呼びに、馳《か》け出すように、廊下へ出て行《ゆ》く。

あとには、今日会いし父と娘と、二人のみ！

春ふたたび

上野のさくらは、もうほころびかけた。

まだ、らんまんと、開いたわけでもないのに――もう春の休暇《きゅうか》の人出《ひとで》で、山はにぎわって、木蔭《こかげ》や山内《さんない》の、茶店《ちゃみせ》に赤い毛氈《もうせん》が目《め》立《だ》って来た。

そのころの日――の真昼《まひる》。

一台の自動車が、新宿《しんじゅく》の混雑《こんざつ》の街路《がいろ》を通って甲州街道《こうしゅうかいどう》の、うららかに春日《しゅんじつ》遅々《ちち》として、光る舗道《ほどう》を走ってゆく。

車が止まったのは、本願寺《ほんがんじ》墓地《ぼち》入口《いりぐち》――その角の茶店《ちゃや》の前へ、降り立った――三人の人《ひと》影《かげ》。

それは、三千代と、香世子と、そして、この二人の姉妹《きょうだい》の父である、間島源七だった。

一つの閼伽桶《あかおけ》を、三千代が受け取る。

「さあ、お詣《まい》りしましょう」

三千代が歩くと、それに附《つ》き添《そ》う香世子の手には、紅梅《こうばい》の枝が一束《ひとたば》。

「お姉さまの、お母さまのお好きだった花ね」

香世子は、美しい異母姉《あね》の亡き母の、墓前《ぼぜん》に、自分の手から、ささげたい望みで持っている。

たくさんの大小の墓地《ぼち》の間《あいだ》の小径《こみち》をたどると、そこに『圓明院浄鏡大姉《えんめいいんじょうきょうだいし》』の、年月《としつき》の雨と露《つゆ》に、ややものさびし、一基《き》の石。

「かい、かよ——三千代に連れられて、きょう、久しぶりで会いに来たよ」

源七が、合掌《がっしょう》した。

石の前の小さい花筒《はなづつ》に、桶《おけ》の水をそそぎながら——ふっと三千代の瞼《まぶた》に、なみだが、にじむ。

「——わたくし、お姉様と御一緒に、お詣《まい》りさせて戴《いただ》きます——こんなやさしい立派な、お姉さまを、私に下すって、ありがとうございます……」

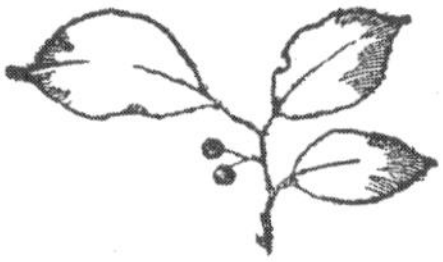

香世子は、女学生の真面目《まじめ》な御挨拶《ごあいさつ》をして、紅梅の花を花筒に活《い》ける。

「かよ——もう何も心配することはないよ。三千代には、大紋《だいもん》のあとの伴家《ばんけ》を継《つ》がせる——そして三千代は、貞淑女学院の若い副校長になったよ、ハハハハハ、どうだ、偉いものじゃろ——妹の香世子は、その教え児で、この妹も、よい姉を持って仕合《しあ》わせだ——よろこんでくれ……」

源七は、生けるものに、告げるごとく……三千代も、その父のうしろに、涙ぐんで母のおもかげ、まぶたの裏に浮かべつつ——もろ手を合わせた。

——その時、ましろい翅《はね》の鳩《はと》が——春空《はるぞら》をどこから飛んできたのか、一羽——すいと、その墓のまわりの立木《たちぎ》の梢《こずえ》にきてとまった。亡きひとの、みたま*は鳩と姿を変えて——きょうのうれしい詣でびとに、会いに来たのか……。三人《みたり》の瞳《ひとみ》は、ひとしく、その梢の鳩へそそがれた。

いつまで、そこにいても、切りがない、やがて、三人は、入口に待たせて置いた自動車に——

そして、車は、高輪南《たかなわみなみ》町の間島私邸へ――戻る。この春の休暇を、あの街から、上京した父と姉妹《きょうだい》だった。

源七は、姉妹と、奥の座敷へ入ったが――その机の上に、置かれた一通の郵便物、取り上げて、読みつつ、

「三千代、お前の叔父さんと、あの元の校長さんの共同経営の金鉱《きんこう》が、なかなかうまくいってるそうだ――金の産出《さんしゅつ》が、日本にふえれば、国家《こっか》の経済力《けいざいりょく》が増《ま》すんだから――それも、お国《くに》のためさ――あの校長さんも、やっぱり、馴《な》れぬ女子教育よりは金鉱経営の方が、うまいらしいね……」

三千代を、見かえって、うれしげに源七は笑う。

心にかけていた、一人の娘に、めぐり逢《あ》えてから、この人の顔まで、昔の苦虫《にがむし》わすれて、はれやかだった。

三千代のあの困ったお酒好きの叔父も、三千代の父なる人の助けに、浮かびあがって、貞淑女学院校長を、やめて、金鉱専心《せんしん》ときまった、あの校長さんと二人で、北海道の金鉱

におもむき、人の変ったように、目下《もっか》せっせと働いているのだった。それを手伝いに、辻本三郎も、彼の妻と、静《しい》ちゃんを伴《とも》なって、やっぱり行って、真黒《まっくろ》になって働いている。

「うちのお母さまも、お留守番《るすばん》でさびしいわね——お姉さまのお母様のお墓詣りもすんだから、あしたぐらい、おうちへかえりましょうか、娘ふたりいない間《あいだ》は、母さんもさびしいねと、おっしゃったんですもの……」

香世子は、そう言う——あの間島夫人の辰子も、いまは、二人の姉妹の母として、満足《まんぞく》しきった、よい母さんぶりになっている。

「その前に、おみやげ用意しましょう——香世ちゃん——お母さまのお召《めし》もの、私が智恵《ちえ》をふるって、お見立《みたて》しますわ」

三千代も、いまは辰子のためによい長女だった。

「さあ、これから、お父さんは、いつものように、好きな庭掃《にわは》きだ——そのあいだ——おまえたち二人は自由行動《じゆうこうどう》をとりなさい。ゆるしてあげるよ。ハハハハハ」

源七は、庭石《にわいし》の下駄《げた》をはいて、庭へ——

「じゃあ――お姉さま、これから、どうしましょう――いろいろ楽しい計画《プラン》をたてて頂戴《ちょうだい》――お母さまの、おみやげの買いもの――それから少女歌劇《しょうじょかげき》のお約束《やくそく》――それから――」

香世子は、いろいろ慾《よく》ばって甘える。

「ホホホホホ、学校では、香世ちゃんの先生――学校以外では、香世ちゃんに甘えられる、お姉さま、――私も、いそがしいこと！」

三千代は、しんから嬉しそうに、朗《ほが》らかに笑う。

その笑声《しょうせい》を、耳にして、源七もうれしそうに、せっせと庭を掃《は》いている。

その庭の塀《へい》ぎわの、桜の枝は、みなそろってほんのりと、うすあかかった……。

（完）

解説　美《うつく》しき大団円《だいだんえん》、乙女のユートピア

嶽本野ばら

今回の選集で初めて大正から戦前にかけて花開《はなひら》いた少女小説（本コレクションは敢《あ》えて乙女小説と謳《うた》わせて貰《もら》いましたが）というものに触れた小さい人達の中には、この作品を読み終えて「え、これって少女小説なの？」と不審《ふしん》に感じられた方も多いのではないでしょうか。何しろ第一回配本の『わすれなぐさ』も第二回配本の『屋根裏の二処女』も、乙女と乙女がエスな関係になったり、なりかけたりという内容のものでしたし、この選集とは別に吉屋信子の少女小説の金字塔《きんじとう》として読《よ》み継《つ》がれてきた連作掌編集《れんさくしょうへんしゅう》の『花物語』も、そのようなドラマが展開するばかりです。従《したが》って、少女小説とは少女同士の恋愛を描くジャンルのものであるという思い込みをされても仕方《しかた》がない。ま、実際、信子の作品に限らず、殆《ほとん》どの少女小説の題材というのはエスを扱っていますから、その定義《ていぎ》は間違《まちが》っている訳ではないのです。がしかし、さにあらんや、少女小説というのは実は、恋愛小説でなくとも構《かま》わ

ないのです。この作品のようなものも立派《りっぱ》な少女小説なのです。つまり、少女小説というのは、〝少女の為の小説〟であり、そこに恋愛という要素《ようそ》を放り込まなくとも、主人公が、少女ではなくて、先生であっても、少女の身辺《しんぺん》や心情《しんじょう》にジャストフィットするものであれば、少女小説として成立するのです。

と、先《ま》ずは少女小説に対する大枠《おおわく》の疑問を解《と》いておいて、何故《なにゆえ》に僕がこの作品を全三冊の一番最後の作品として収録することにしたかということを記《しる》さねばなりますまい。

先に収録した『わすれなぐさ』『屋根裏の二処女』をお読みになった方は、少なからず、この作品に或る種の物足《ものた》りなさや、エスなモチーフが出てこないことを差し引いても、違和感《いわかん》を持たれたと推《すい》察《さつ》します。その物足りなさや違和感は、『伴先生』が先の二作品に比べると、実に優等生的であり、尚且《なおかつ》、ご都合《つごう》主義的な作品に仕上がっていることからくると思います。実際、登場する人々は高潔《こうけつ》な人も世俗的《せぞくてき》な人も優しい人も意地悪《いじわる》な人もいますが、一様《いちよう》に性根《しょうね》から悪くなく、皆、主人公である三千代の登場や行動に拠《よ》り、あっさりと改心《かいしん》し、善人《ぜんにん》になってしまいます。様々《さまざま》なトラブルに巻き込まれる三千代ですが、その災禍《さいか》は、危機一髪《ききいっぱつ》の処《ところ》で必ず福に転じます。そんなにフィクションとはいえ、世の中、上手《うま》く辻褄《つじつま》が合わないだろうということが、この物語の中では平気で一杯《いっぱい》、起こります。ですから、安物の漫画かVシネマみたい……という読後感を持たれても止《や》むなし、下手をするとその余りに全《すべ》ての出来事がスマートに紋切《もんき》り型に纏《まと》まってしまう構造に、三文《さんもん》小説の印象が与えられることもあることは予測していました。実際、同じ物書きの立場で読んでも、この作品の展開には「オイオイ、信子センセ、それは都合が良すぎて逆に無理がありますぜ」とツッコミを何度も入れたくなります。が、だからこそ、『伴先生』は秀作なのです。ん、何それ、訳解《わけわか》んない、つまり徹底《てってい》したB級作品はそのナンセンスさ故《ゆえ》にA級に勝るってこと？　と穿《うが》った読みはしないで下さい。そんなシニカルな理由《りゆう》から僕はこの作品を優《すぐ》れたものであるというつもりはないのです。

　とりあえず、ややこしいので、少しこの問題は後に廻《まわ》し、先にご都合主義と共に納得《なっとく》出来ぬ、この物語の優等生的な資質に就《つ》いて論じましょう。『わすれなぐさ』の解説で僕は、その小説のキーワードは母を失うことになる主人公の牧子が父から、これからはそのような状況であるから、弟には姉としてある以上に母としての任を果《は》たし、一家の主婦としての立場をとって貰《もら》わねばならぬと強要された時、牧子がそれに対し、「(はい、お父様御安心下さい、私その決心をいたしました) などと健気《けなげ》な御返事をするのは、面白くはないが為になるお話の一場面の空想化された模範《もはん》少女の典型に過ぎないのだ――」という部分にあると書きました。そのような模範的、教育的ではないリアルな乙女の心情を、いわゆる女のコは必要以上に勉学などせずともよい、養《やしな》われている時は親に仕《つか》え、結婚すればその夫と家に仕えるのが正しいと信じ込んでいる男性社会のしかめ面を恐れることなく綴《つづ》ったからこそ、その作品は当時の乙女達からの圧倒的な支持《しじ》を受けたし、そこにある精神は今を生きる乙女達にも色《いろ》褪《あ》せることなく届くであろう、という旨《むね》の説明をしました。そしてその、たとえ女性、少女であろうと、男性と同じく自我《じが》を確立《かくりつ》して進んでいくのだ。それが茨《いばら》の道であろうと――という信子の一貫《いっかん》した高潔《こうけつ》なモチベーションが結集《けっしゅう》した作品こそが『屋根裏の二処女』であると、『屋根裏の二処女』の解説では語りました。が、この『伴先生』に至《いた》ってはどうでしょう。信子は、修身の先生である刀自《とじ》の校長先生に、謙遜《けんそん》の美徳《びとく》を語らせ、生徒の瀬川さんには貞淑《ていしゅく》の美徳をその言動《げんどう》をもって訴《うった》えるのです。

何と、教育的！　『屋根裏の二処女』を書いたのが大正の頃、『わすれなぐさ』を執筆したのは昭和がまだ一桁《ひとけた》の頃、そして『伴先生』を発表したのは昭和が二桁《ふたけた》になってから。『屋根裏の二処女』から『伴先生』に至る間に信子も歳《とし》を重《かさ》ね、若さ故《ゆえ》の非常識であっても信念を貫《つらぬ》く挑戦的なものから、大人故《ゆえ》の良識をわきまえた道徳的なものへと心情を移行させていったと考えれば、『伴先生』が教育的な内容であることに納得《なっとく》がいきます。が、それで納得しちゃった人は、ブー！　間違《まちが》いなんだよーん。無論《むろん》、作家としての信子は年輪《ねんりん》を重ねる毎《ごと》に成熟していきますが、決して自らが信じた〝個の尊厳〟を放棄《ほうき》することはなかったのです。時代が移れど、女性は自我なんて立派なものを持たなくて宜《よろ》しいという男性社会の圧力に、信子は迎合《げいごう》することはありませんでした。事実、作家として既《すで》に地位《ちい》を確立していた昭和八年に執筆《しっぴつ》を開始した『女の友情』は、まだジェンダーに於《お》ける差別が罷《まか》り通《とお》っていた時代に、女性も男性と同じく受動態《じゅどうたい》ではなく能動態《のうどうたい》として生きて良い筈《はず》だという旨《むね》の想《おも》いが込められた作品（これは少女小説じゃないよ）で、その本質に気付いた批評家の小林秀雄《こばやしひでお》は、『女の友情』に対し、実に稚拙《ちせつ》な、というか侮蔑《ぶべつ》的な評価を下《くだ》しています（このことを知って、益々《ますます》、小林秀雄が大嫌いになった野ばらでした）。『屋根裏の二処女』を書いた時と同様、信子はたとえ世間からは糾弾《きゅうだん》されようと、自我に覚醒《かくせい》した者としてその自尊心《じそんしん》を守る為に、そして自由である為に終生《しゅうせい》、戦い続けたのです。

　が、その凛《りん》とした姿勢《しせい》を通《とお》したが為、信子はフェミニスト、ウーマンリブの代表格のような誤解を受ける存在でもありました。デビューの頃、「原始、女性は太陽だった」とスローガンを掲《かか》げた平塚《ひらつか》らいてうの同人誌『青鞜《せいとう》』に寄稿《きこう》していたことも、その誤認の理由づけとして大きかったようです。しかし、平塚らいてうが求めた女性の権利、フェミニズムと、信子が求めたそれとの間には、大きな違いがあったのです。舌足《したた》らずを承知で大雑把《おおざっぱ》にいうならば、らいてうは政治的に女性の尊厳を確保《かくほ》したかったのに対し、信子は、あくまで個人的に女性の尊厳を大切にしたかったのです（この物語の冒頭で樋口一葉《ひぐちいちよう》の名が出てくるのは偶然ではない。一葉もまた、信子と同じような立ち位置で、女性の尊厳を守ろうとした個人であったのですから）。信子のそれは、従《したが》って、単に女性を男性と平等に……というだけのものではなかった筈です。お金持ちにも貧乏人にも、男性にも女性にも、病人にも子供にも、それぞれの尊厳はある。その尊厳の重さは全て同じである。これが信子の主張ではなかったのでしょうか。社会的見地からすれば、何の労働力にもならぬ、〝社会に扶養《ふよう》されている存在〟である少女達の為に、妥協《だきよう》することなく必死《ひつし》に珠玉《しゆぎよく》の少女小説を信子が書き続けられた背景には、少女には少女の尊厳があるという信念があったからだと深読みするのは、決して贔屓目《ひいきめ》ではありますまい。

まわりくどくなりましたが、個の尊厳こそが勝ち取らねばならぬ唯一《ゆいいつ》のものであるとする信子は、故に、フェミニストが陥《おちい》りがちな、平等を摑《つか》もうとする余りに、女性が女性らしくある為に、女性でしか持ちあわせぬ感性《かんせい》や美意識《びいしき》をないがしろにしてしまうというミスを犯《おか》すことがありませんでした。謙遜の美徳や貞淑の美徳を、そして美しいものに涙さしぐむ柔《やわ》らかな心や、可愛《かわゆ》いものには狂喜乱舞《きようきらんぶ》する乙女だけの感性を棄《す》てなくても、個の尊厳は損《そこ》なわれないこと、否《いや》、それらのものを尊重してこそ、アイデンティティは確立出来るのだということを、信子は知っていたのです。教育的ではないことを想うことや軽佻浮薄《けいちようふはく》な流行に心を砕《くだ》くことも、教育的とされることを守り伝統を重《おも》んじることも、自己という照準《しようじゆん》をしっかり持っていれば、矛盾《むじゆん》なく採択《さいたく》出来るという確信があればこそ、信子はこのような教育的（ともとれる、とした方が適切かな?）な作品を書けたのです。

さて、というような結論らしきものが出た処で、最初に棚上《たなあ》げした『伴先生』に於《お》けるご都合主義を考察《こうさつ》してみましょう。個の尊厳を如何《いか》にすれば保ち続けて生きていけるかという問題は、信子の作家としての原点でした。『屋根裏の二処女』では自我に覚醒《かくせい》したが故に、主人公である乙女達は、この世界に居場所《いばしょ》を失くしてしまいます。が、それでも信子は主人公に、居場所は見付け出せぬかもしれないが、どれだけ放浪《ほうろう》しようと自分達の場所を探すのだという試練《しれん》を与えます。その試練は、信子自身の生涯の試練でもありました。そして信子は、一進一退《いっしんいったい》を繰り返しながらも前進し、タフになっていったのです。このご都合主義の小説世界は、そんな信子が試練の歩みの中でようやく手にすることが出来た、ユートピアなのではないでしょうか。歩くことだけで当初は精一杯《せいいっぱい》だった信子は、辿《たど》り着《つ》くことは出来ぬまでも、辿り着くべき理想郷《りそうきょう》の姿を描ける、提示《ていじ》出来るようになったのです。これは、作家として、また彷徨《さまよ》える一個人としての一つの明確《めいかく》な到達点なのです。僕がこの作品がご都合主義過ぎながらも秀作であると断言《だんげん》したのは、かくなる理由からくるのです。『伴先生』の作品世界が理想郷であることを裏付けるように信子は、端書《はしがき》の中で「少女を愛する女学校の若い先生に、じぶんの理想を托して描きつづけた」と告白しています。ユートピアは全ての理想が具現化《ぐげんか》する場所であるからして、そこでの事象《じしょう》はリアリティを喪失《そうしつ》したものの如く都合よく歯車《はぐるま》が噛《か》み合うのは当然のことでしょう。

現実世界がままならぬ場所であるからこそ、せめて小説という世界を高邁《こうまい》かつロマンチックな理想の花園《はなぞの》にしたいという想《おも》いは、決して逃避《とうひ》ではありません。現実を見据《みす》えながらも理念を掲《かか》げることがどれ程に勇敢《ゆうかん》なことかを知る者は少ない。無論《むろん》、これは娯楽小説です。が、そう、そんなことは関係なく、純文学にしろエンタテインメント小説にしろ、そこに理想を託《たく》せず、陳腐《ちんぷ》なリアリズムに着《ちゃく》地《ち》することで安心し、人々の共感を得ようとする志《こころざし》の低い作家が多い中、信子は奥ゆかしくも、しかし背筋《せすじ》をしっかりと伸ばし、理念を掲げ続けた希有《けう》なる作家でした。ご都合主義に白々《しらじら》しさを憶《おぼ》える人がいれば、再度、そのことを鑑《かんが》みて、この作品を読み直しては頂けないでしょうか。その全《すべ》てが丸く納《おさ》まる弧《こ》の力強さと美に、必ずや今度は圧倒《あっとう》されることをお約束します。

　他にもまだまだ優れた少女小説を信子は遺《のこ》しています。が、全三冊という吉屋信子のミクロコスモスを完成させるにあたっての最後の作品には、そのような観点からこのユートピア小説こそが最も相応《ふさわ》しいと、監修の立場として、僭越《せんえつ》ながら結論を出しました。しかし、こんなに監修という作業が、大変だとは引き受けるまで思いませんでしたわ。特に註釈を入れるにあたっては、リアルタイムで作品を読んでいた人がまだ存命《ぞんめい》だというのに、当時の風俗《ふうぞく》や言葉遣《ことばづか》いに関して調査しても解らないことが多過《おおす》ぎて、泣きそうになりました。拠《よ》って、全三冊を通し、註釈をはじめ、随所《ずいしょ》に少なからず誤謬《ごびゅう》があることと思います。もしお気付きの点がありましたら、どうか、これを当時にお読みになっていらした大きな人達、ご連絡下さいまし。そして、間違いは、監修者という大役《たいやく》を受けながらも、学者でも識者《しきしゃ》でもないヒヨッコ作家がしでかした粗相《そそう》と、貝原益軒のような寛大《かんだい》なお心で赦《ゆる》して頂けると、助かります。

最後に、このコレクションを読んで下さった、そして愉《たの》しんで下さった小さな人、大きな人、中くらいの人、全ての乙女達に有《あ》り難《がと》うの言葉を捧げます。そして信子センセイの御霊《みたま》&素敵《すてき》な装幀、挿絵を遺《のこ》して下さった中原淳一センセイの御霊にも、スペシャル・サンクスです。

一三　**ひがん桜**　普通の桜よりも少し早く咲き始める（三月半《なか》ばくらい）桜の一種。特に珍しい桜ではなくて、よく見かける桜です。観賞用にされることが多いです。また、江戸彼岸《えどひがん》という別種類の桜をこう呼ぶこともありますが、江戸彼岸は主に西日本に咲くお花なので、ここでは普通に、彼岸桜を現《あらわ》していると思ってよいでせう。

一四　**紅梅**　赤いお花を咲かせる梅でございます。そんなこと知ってらい。わざわざ註釈入れるなよと思われた貴方《あなた》、何故《なにゆえ》に、ここで信子センセは三千代のお母様が白梅ではなく、紅梅が好きだったと設定しているか、解《わか》りますか？　白梅はその姿の如く艶《あで》やかで、とても女性らしいお花なのです。それに反して、紅梅は、女性らしい美しさを持っていれど、凛《りん》としたイメージがある。花言葉を比べてみても、白梅は「忠実」「忍耐」だったりするのに対し、紅梅は「高潔」「独立」と違うのです。清少納言《せいしょうなごん》も『枕草子《まくらのそうし》』の中で紅梅を誉《ほ》めていたりする。この点に留意《りゅうい》して読んでいけば、お話はとても面白くなりましてよ。

一七　**閼伽桶**　お墓参りに行くと、最初にバケツやら手桶《ておけ》を貸して貰《もら》うでしょ。で、それにお水を汲《く》んで、お墓にお水を掛けたり、お花を取り換えたりするでしょ。そんな手桶を、閼伽桶といいます。

一七　**九條武子**　大正時代の歌人。代表作は『金鈴《きんれい》』。とっても才女《さいじょ》で、とっても美人だったそうです。信子はこの歌人がかなりお気に入りだったみたいで、『続・私の見た人』という随筆《ずいひつ》の中で、武子を誉《ほ》めちぎっています。武子の作品の特徴はですね……ご免、野ばら、読んだことないから知らないの。でも知らなくても、本作品を読むにあたって困りはしないから、赦《ゆる》してね。

一八　**街の子だち**　街の子たち——の意。「だち」と濁《にご》っているのは、誤植《ごしょく》じゃなくて、当時はこのような言い方、表記をしたりもしたのです。

一九　**長唄**　歌舞伎《かぶき》の踊唄《おどりうた》や浄瑠璃《じょうるり》などをアレンジしながら進化してきた音楽。大抵《たいてい》は、三味線《しゃみせん》を弾きながら、お座敷《ざしき》などで唄う。三分くらいの短いものもあるけれど、なにせ、劇をダイジェストにした音楽だから、長いものになると、一曲、一時間くらいの尺があったりします。そういう長いものは、プログレッシヴ・長唄と呼ばれます（嘘です）。

一九　**黄楊の小櫛**　黄楊《つげ》というのは、ツゲ科の木の一つで、この木は将棋の駒《こま》や櫛《くし》を作る為に万葉《まんよう》の昔から用《もち》いられていました。今でもあるぞ、黄楊の櫛。ま、櫛の素材《そざい》としては定番《ていばん》中の定番です。黄色っぽい、そう、それです。

二〇　**黄八丈に黒襟かけて……**　黄八丈というのは黄色を主色とした格子《こうし》模様《もよう》のお着物で、江戸の頃は武家《ぶけ》の人しか着られなかったのですが、明治以降は、庶民《しょみん》の日常着になりました。で、黒襟かけて、というのは、黒い色の半襟をして、ということです。博多《はかた》独鈷《どっこ》（本文では何故か独姑になってる）の帯というのはですね、博多帯の一種なのですが、その模様（仏具《ぶつぐ》の独鈷を幾何学的《きかがくてき》にアレンジしてあるのだけれど）とか製法の説明をしても仕方《しかた》ないしなー。あのね、つまりね、黄八丈というのは庶民の着物ながらも粋《いき》な、お着物なのですよ、今も昔も。で、そこに黒の半襟を付けるとなると、普通、黒の半襟ってのは男性が用いるものなので、それを女子が付けると、これまた風情《ふぜい》が、粋な訳です。で、加えて、博多独鈷の帯でしょ。九州の人でもないのにわざわざ、下手《へた》すると無骨《ぶこつ》な感じがしてしまう博多の帯を締める女性というのは、お着物を着る人の中でとても洒落者《しゃれもの》として一目《いちもく》置かれるのです。つまりこの三千代のお母様の身形《みなり》というのは、マニッシュな、渋《しぶ》くて、江戸っぽい、カッコいいキャリアガールのものなのです。世が世であれば、CHANELのスーツをさらりと着こなし……ってな感じ、です（あ、あくまでもココ・シャネルが存命《ぞんめい》していた頃のCHANELのスーツ、ね）。

二〇　**格子戸のしもたや**　格子戸は、細い角材を縦横《たてよこ》に組んだ昔、よくあった扉《とびら》、です。しもたやというのは、仕舞屋（しもうたや）のことで、昔は商《あきな》いをしていたが、今は止《や》めてしまったお家をいいます（商家などに対しての一般家屋《いっぱんかおく》の意もあるけど）。ですから、三千代のお母様は、そんな、玄関が格子戸になった元商家を借りて長唄を教えていたというふうに、解釈しましょう。

二一　**もうせん**　ずっと前、の意。

二二　**ひともと**　これは、漢字に直せば解り良《い》いね。「一本」と書いて「ひともと」と読みます。立木《たちき》などを数える時に、用います。ですから、「ビールをひともと、下さい」と使うのは間違《まちが》いです。

二三　**株屋**　ま、今でいう証券取引所《しょうけんとりひきじょ》のことなのですけれど、この頃の株屋さんというのは、人の株の売買もしましたが、自らが相場師《そうばし》として株を買い、儲《もう》けることをメインとしていました。故《ゆえ》に、ちょっとダーティなイメージがあるのですねぇ。

三　**おくつき**　お墓のことです。

二四　**二棹**　わざわざ註釈するのも面倒ですが、簞笥《たんす》は一個、二個、ではなく、一棹、二棹と数えます。

二五　**三等**　この時代の列車は、一等、二等、三等と、支払うお金によって車両が違いました（無論《むろん》、一等が一番良い車両）。今でも新幹線は、自由席、指定席、グリーン席というふうに分かれているでせう。それと同じです。

二五　**米琉**　米琉とは、山形県米沢産《やまがたけんよねざわさん》の紬絣織物《ちゅうぼうおりもの》で、その中に琉球絣《りゅうきゅうかすり》に似たものがあったので、それを扱《あつか》う商人が、明治の頃、その名をつけて広まったそうです。琉球絣というのは、模様に特徴があり、生活用具や星や雲などユニークなものをモチーフとして使います。今の感覚でいけば、シノワズリが入ったANNA SUIのお着物に近い。それが「お対」ということは、米琉の生地《きじ》で着物と羽織《はおり》をお揃《そろ》いで作ったことを意味します。後に出てくる「銘仙《めいせん》」というのは絹織物の一種で、安価で耐久性もよく、この時代、銘仙のお着物は日常着として誰もが一着は持っているよなものでしたとさ。

二六　**スイッツル**　スイスのこと。スイス製の時計は世界一優《すぐ》れているというのは、一昔前までの常識でありました。野ばらもパパからそう教えられました。が、野ばらのパパはSEIKOの時計しか買ってくれませんでした。

二八　**俳聖芭蕉の「漂泊のおもひやみがたく」**　俳聖芭蕉とは、松尾芭蕉《まつおばしょう》さんのことですね。「漂泊の――」というのは、皆さん、古文《こぶん》で教えられましたね。超有名な芭蕉の『奥《おく》の細道《ほそみち》』の序文に出てくるやつです。

「月日《つきひ》は百代《はくたい》の過客《くわかく》にして行《い》きかふ年も又旅人也《またたびびとなり》」で始まる、あれ。その中で芭蕉は「予《よ》もいづれの年よりか片雲の風にさそはれて漂泊の思ひやまず」と記しています。つまり、「人も物も全ては時間の中を旅をするものであるのであるから、一つの場所にいることは適《かな》わない。俺も流れゆく雲をみていたら、そんな旅人なのだなーと思い、漂泊したくなっちゃった」ということですね。芭蕉の原文では「漂泊の思ひやまず」で、信子は「おもひやみがたく」と記していますが、これは単に信子が憶《おぼ》え間違いしていたか、間違って教えられたのでせう。もしくは「やまず」より「やみがたく」の方がいいじゃん。と、アレンジしてみた可能性もあります。『奥の細道』の定本自体、いろいろあるしねー。因《ちな》みに「漂泊」の意味は解りますね。あてもなく彷徨《さまよ》うこと、の意ですよ。ボヘミアン。バガボンド。バカボンのパパですよ。

三二　**サンデー毎日だの週刊朝日**　うら若き三千代が、『サンデー毎日』や『週刊朝日』を買う。三千代って、オッサンか？　と思われると困るので、一言入れますと、無論、それらは週刊誌で、今日のそれと同じものなのですが、この頃は、特にオッサンの為の雑誌という訳ではなかったのです。子供が読む雑誌ではなかったけれど、そして『それいゆ』のような乙女の為の雑誌ではなかったけれど、別段《べつだん》、女子が読んでもおかしくないものだったのです。

三四　**辻占売り**　路上《ろじよう》で、占《うらな》いを売る人。占いをするんじゃ、ないの。売るの。だから、占い師ではないのです。紙のおみくじみたいなのを持っていて、それを道往《みちゆ》く人に売る、すっごく原始的な露天商《ろてんしよう》。

三六　**ラッパ手**　ラッパを吹く奏者のことですが、ミュージシャンではありません。軍隊で先頭に立って、合《あい》図《ず》をする為にラッパを吹く役が、ここで用いられているラッパ手の意味です。勿論《もちろん》、ラッパーとは何の関係もありません。

四〇　**乳羽色の錦紗の風呂敷**　乳羽色《ちちば》という色が謎。これ、調べても解んなかったのです。『花物語』に収《おさ》められた「梨《なし》の花」というお話でも、信子は「乳羽色の帯を締めている」と書いているので、そのような色の名称が、昔あったようなのですが……。多分、字面《じづら》から考察すれば、淡《あわ》い肌色みたいな、サーモンピンクみたいな、乳白色みたいなものだと思うのですが……。で、「錦紗」というのは、金糸《きんし》を折り込んだ紗（生糸を絡織にした織物。軽くて薄い布です）のことです。従《したが》って、金糸が折り込まれた乳羽色の薄布の風呂敷なのですよね。昔、虎の尾という草木のことを、ちちのはぐさと呼んでいたことがあり、その花弁の色が乳羽色なのかなとも考えたのですが、その花は単に白いので、関係なさそうです。乳羽色のことをご存知《ぞんじ》の方はご一報を。

四一　**外套**　コートのこと、ざんす。

五〇　**赤帽**　駅で乗客の荷物を運んでくれる人。赤い帽子を被《かぶ》っているので、赤帽といいました（赤い帽子を被っているからといって共産党員と考えるのは間違いです）。サービスではなく、無論、お金は取られます。そして大きな駅にはいますが、三千代の降り立ったような片田舎の駅には、いません。「赤帽」と名乗る運送屋さんがありますが、そのネーミングはここからきています。野ばらが子供の頃は、まだターミナルな駅には赤帽な人達がいたよーな気がするのだが、気のせいか？　最近は、いませんよねー。何時《いつ》、いなくなったのだろう。まだ、どっかの駅にはいるのかなぁ。

五一　**省線**　今のJRのこと。昔でいうところの、国鉄《こくてつ》。そういえば、国鉄がJRに変わった頃、JRでは親しみにくいので、E電と呼ぶことにしようということになったあのダサい案は、採用された筈《はず》なのに何処《どこ》にいったのだ？　いっそ、これからJRを省線というのを流行《はや》らせましょうか。うん、流行らせよう。皆、参加してね。

五八　**くだんの**　普段の、何時《いつ》もの、の意。でも、ここでは「ご愛用の」と訳したほうが適切かな。

五九　**はるけくも来つるものかな**　遥《はる》か遠くに来たものよなぁ（詠嘆《えいたん》）、の意。

六一　**あわれ**　うーん、「哀れ」とそのまま読み過ごして貰《もら》っても差《さ》し支《つか》えないのですが、ここはいわゆる古典の時間に学習したような「もののあわれ」みたいな「あわれ」から派生している感動詞としての「あわれ」の意味も託されていますから、そんなに真剣《しんけん》に悲愴《ひそう》な感じで使われている訳じゃないの。哀しいながらも、そこに情緒《じょうちょ》を見出すことも、出来る訳さ。この感覚、解る？　解って。解ったな。よし。

六一　**そのかみの**　当時の、ということ、だす。

六四　**銀貨入れ**　小銭入れ、です。別に金貨を入れても怒られません。

六四　**よござんす**　いいですよ、の意。「よござんすか」で、「いいですか」「お解りですか」の意になります。時代劇で野卑《やひ》な男性が使うよな感のある常套句《じょうとうく》ですが、わりと丁寧《ていねい》語です。ちょっと職人さんが使う言葉っぽいですが、そういう訳でもなく、リラダンの『未來のイヴ』（齋藤磯雄訳）の中では、マッドサイエンティストのエディソンが実に知的なことを申《もう》し述《の》べながら「よござんすか」と訊《たず》ねたりするので、笑えます。

六六　**わっち**　私、の意。これは、少し学のない、というか品《ひん》のない殿方《とのがた》が、相手には丁寧な言葉遣《づか》いをしようとする時に使います。「あっし」とほぼ同格かな？

六七　**チッキ**　電車に乗った時に大きな荷物があった場合、それを後で送って貰ったり、荷物だけを電車で送って貰うのを、チッキといいました。チェック（check）が転じてチッキになりました。その荷物の預かり証のことを、指す場合もあります。赤帽にしろチッキにしろ、何か、昔の電車の方が、便利だったような気がするのは、野ばらだけでせうか？

六八　**さらぬだに**　そうではなくとも、と辞書を引けば載《の》っていると思いますが、この文脈でいくと、「さらぬだに」に掛《か》かる言葉がない訳で、そのまま解釈すると少し変です。なので、「いわずとしれず」というふうに敢《あ》えて誤訳《ごやく》してみても良いと思います。「さらぬだに」は「然らぬだに」で「去らぬダニ」ではありません。去らぬダニが沢山《たくさん》いる座敷に通されてはいくら、田舎の家とはいえ、嫌です。

七一　**刀自**　老女、主婦などのことですが、貴婦人《きふじん》の意もあり、大抵は年老いた婦人の尊称として使用されます。ここでも「刀自」には尊意が込められています。

七二　**双眸**　両眼、の意。

七三　**相向う昔の……**　「相向う昔の」から「ひそかに涙したのである」までのセンテンス、ちょっと古語調で、解り辛《づら》いでしょ。なので、優しい野ばらはざっと超訳してみます。「向かい合っている当時の教え子は、少女の頃、おかっぱ頭であった。が、そんな彼女の髪も年相応の大人の女性らしく伸びている。それと同じく、美姿のみならず、心も成長したのであろう。しかしこうして大人になるに至っては、悲しい想いも知ったであろう。苦しい想いもしたであろう――とひそかに涙したのである」。少し間違ってるけど、大まかにはこんな感じ。

七七　**黒綸子の被布の姿**　綸子は、生糸を使って織った滑《なめ》らかで光沢《こうたく》のある生地《きじ》。江戸の頃から、女性用の着物の素材として大変、好まれました。今でも、乙女は別珍やベルベットが好きでしょ。昔の乙女だって、そんな素材のものが好きだったのさ。被布というのは、着物の上に着る羽織みたいなものなのですが、羽織じゃなくて、前がチャイナ服っぽくなってるの。茶人《ちゃじん》とか俳人《はいじん》がよく着ていたもの、っていえば解るかな。元々は男性用の着衣《ちゃくい》でしたが、明治の頃からは女性も着るようになりました。何となく、牧師さんのガウンにも似ている。黒のお被布だしね。この物語で刀自が、聖職者を思わせる姿で登場するのには、それ相応の意味があると野ばらは思います。

七八　**黒塗骨の雪洞の置電気**　何か、文面だけ読んでると、漢字多いし、スゴいゴシック・ホラーなものを想像してしまいますが、単に、雪洞をシェード代わりにした黒いスタンドのライトのことです。

七九　**かたじけないこと**　これは、時代劇なんかでよく耳にしますから、お解りですよね。「有り難う」の意味です。が、後に、「有難う」とわざわざ続けていっているので、ここは「もったいないこと」と訳したほうがフィットしますね。

八〇　**慈味**　辞書には、「滋味」なる言葉はあっても、「慈味」という言葉は掲載《けいさい》されていません。「滋味」だと解釈すると、美味、もしくは、精神的に糧《かて》となるもの、という意味になるんですけど、仏教関係の文献などでは、「慈味に溢《あふ》れた面持《おもも》ち」「苦難《くなん》の末、人生の慈味を学ぶ」というふうに使用されるケースが多々あり、今回のは、後者の意味で使用されているのであろう、と思われます。ま、「慈愛《じあい》」×「含蓄《がんちく》」で「慈味」と思って貰えばいいかな。上手《うま》く説明出来ないや。でも何となく解るでしょ。察しなさい。

八二　**心眼**　心の眼——そのままの意味です。眼に映《うつ》る、耳に聞こえる表層的な情報に惑《まど》わされることなく、物事の本質を捉《とら》える研《と》ぎ澄《す》まされた心の眼。感受性が鋭《するど》いだけでは心眼でものは見られぬのですよ。或る程度、悟《さと》りの境地《きょうち》を開かねば、心眼もまた開かない。うーん、何か説教臭《せっきょう》いなぁ。ヤだな。……南無《なむ》～。

八四　**盲縞のきもの・小倉木綿の角帯に前垂**　盲縞——。うわー、不穏当《ふおんとう》な記述……と思ったら、大間違い。盲縞ってのは、藍染《あいぞ》めの糸で織った無地の紺木綿《こんもめん》のことなんだよー、だ。縦糸と横糸が同じな為に、縞が殆《ほとん》ど解らないので、こんな名称が与えられました。小倉木綿というのは、福岡は小倉が原産の綿織物なのだけど、耐久性があって、学生服や作業着に使われることが多い素材です。角帯ってのは男性用の帯の代表的なもの。ぺらぺらの兵児帯《へこおび》とは違うくて、ちゃんと芯が中に入った帯。前垂ってのは、今でいう前掛け、エプロンですな。と説明したところで、源七氏のこの服装というのは、とても、お金持ちの材木屋さんの御主人の格好《かっこう》ではない訳です。全てに於いて質素《しっそ》。盲縞のお着物も、小倉木綿の角帯も、質素のシンボルみたいなもの。それに前掛けしてるのでしょ。殆《ほとん》ど、丁稚《でっち》な身形《みなり》なのです。貧乏臭い格好という訳じゃないのですけれどね。

八四　**草鞋脚絆**　足には草鞋、そして脛《すね》には脚絆（長く歩く時に膝《ひざ》をガードする当て布のようなもの。和風のゲートルってとこです）というスタイルを、草鞋脚絆といいます。ほら、時代劇なんかで、飛脚《ひきゃく》の人の足《あし》許《もと》、そんなふうになっているでしょ。行商人など、足腰を酷使《こくし》する人達は、常に草鞋脚絆でした。そしてそれは、プロレタリアートの象徴《しょうちょう》でもありました。

八四　**秋田源七**　ん、さっき源七氏は、秋田源七ではなく、間島源七という名で出てきたのでは。別人？　否、別人ではありません。ここ以外では、全て間島源七という名前で、源七氏は登場します。じゃ、何でここだけ、急に秋田源七なんだよ――と疑問が湧くのは当然で、はっきりしたことは野ばらも解りません。が、この物語の舞台は「東北のさる街」であると表記されています。ですから、この秋田源八の「秋田」は「秋田県」を意味するのだと推測出来ます。昔は清水次郎長《しみずじろちょう》にしろ、水戸黄門《みとこうもん》にしろ、その居住地や出生地などが一種、屋号《やごう》のようにして、使われることが多《おお》ございました。つまり秋田で材木商として名を挙げた間島源七氏は、通り名（ニックネーム）として秋田源七と呼ばれたのではないでしょうか。今なんかだと、芸人のガダルカナル・タカさんなんかがそうですよね。ガダルカナル出身だから、そういう名前になった（嘘ざんす）。そういえば、東京ロッカーズの陣内孝則は、福岡出身の癖《くせ》に何で、東京ロッカーズを名乗ったのだろう。嘘吐きだ。見栄張《みえは》ったんだな、きっと。しかし、東京ディズニーランドも千葉にあるのに、東京ディズニーランドなんだから、赦《ゆる》してあげよう。

八四　**鳥打帽子**　信子も説明していますが、それはハンティングキャップ。で、解り辛《づら》ければ、キャスケットと考えて下さい。元は十九世紀に狩猟《しゅりょう》の時に被《かぶ》る帽子として登場し、世界に広まりました。日本では、大正から昭和の初期にかけてこの鳥打帽子が男子の間でのマストアイテムとなり、お洒落《しゃれ》なモボもお洒落じゃない丁稚《でっち》も、男子なら皆、鳥打帽子を被っていました。が、この作品が上梓《じょうし》されたのは昭和十五年ですから、その頃に鳥打帽子を被る人は、ちょっと、否《いや》、かなり時代遅れなのです。で、そのお帽子の破《やぶ》れた部分を繕《つくろ》っている布が、羅紗《らしゃ》――、だから不思議とは、どういうことかというと、羅紗というのは耐久性がある布なので、なるほど、つぎはぎするには最適な生地とも考えられるのですが、基本的に高価な布なのです。なので、羅紗の布でつぎはぎするくらいなら、新しい帽子を買えよ！　という感じなのです。はい、不思議の謎が解けましたね。めでたし。めでたし。

八九　**無心**　説明はいらないかなーとも思いましたが、聞き慣れぬ小さい人達もいると思うので、一応……。辞書などを紐解《ひもと》けば、遠慮《えんりょ》なくおねだりすることと、書いてあると思いますが、大抵は、無心といえば、「金の無心」を指し、お金を借りること、もしくはお金が欲しいと望むことをいいます。

九一　**ルンペン**　乞食《こじき》、物乞《ものご》い、のこと。元々は、浮浪者、失業者のことを指す言葉なのですけどね。でも今、失業者の人に、ルンペンといったら怒られますよね。言葉って難しい……。乞食ってのも差別語にされる時代ですから、乞食のことは、今は何ていえばいいの？　仕事の不自由な人、といわねばならぬのかなぁ。

九一　**お暇が出る**　解雇《かいこ》される、の意。

九三　**磊落**　大雑把《おおざっぱ》で小さいことにはこだわらぬこと。いわゆる、豪快《ごうかい》さん。

九三　**じじむさい**　田舎臭い、洗練《せんれん》されていない、汚い、の意。

九五　**下男**　長男の次に生まれた男の子のこと。それは、次男でしょ。と、いらぬツッコミをいれつつ、下働きの男子の奉公人《ほうこうにん》のことです。

九五　**浅ましい**　情けない、見苦《みぐる》しい、卑《いや》しい、という意味ですが、ここでは「恥ずかしい」と訳すのが適切でせう。

九七　**原級に止める**　原級に止めるとは、今も昔も変わらず、落第のことです。でも、落第には、一つ下の級に下るという本来の意味があるので、香世子は、婉曲《えんきょく》に「原級に止める」といわれた落第を、落第ではないと主張する訳です。でも落第は落第なんだよ、真面目《まじめ》に勉強しろ、香世子。サボってんじゃねーよ。

一〇〇　**山師**　登山家のこと。嘘ぴょん。冒険的な一か八かの仕事をする人のことをいい（ベンチャービジネスとは少し違うよ）、転じて、いうことだけは大きいが実利《じつり》がともなわぬ人、ほら吹き、人を騙《だま》す人、詐欺《さぎ》師《し》、となります。

一〇一　**少女歌劇**　今の宝塚歌劇団の公演のことざんす。昔の宝塚の詳《くわ》しいことは、『わすれなぐさ』の註釈でしていますから、気になる人は、買って読んでね。

一〇四　**裁縫家事**　つまり、家庭科のこと。

一〇四　**お修身**　つまり、道徳のこと。道徳の授業に専門の先生がいるのは珍しいと思われるかもしれませんが、この頃は、学校とは、知識を学ぶことと同様に、道徳を学ぶことが重要視されていたのです。特に、女子に学問などいらぬという考えがまだ主流だった時代、学校は、人の道を教える場所として必要であるという大義名分《たいぎめいぶん》を掲《かか》げないと、生徒を集められなかったのですねぇ。でも今の道徳の授業とは少し違って、マナーなども修身の授業では教えられました。

一〇六　**フリーランサー**　今でいう、非常勤講師《ひじょうきんこうし》ですね。フリーターではありませんよ。デタラメな時代でしたが、フリーターが先生になれる程に、無茶苦茶なことは行われてはいません（限りなくそれに近いことは行われていたようだけれど。とりあえず学校は出たけれど、やることないから、とりあえず、先生でもやってみるかという人は一杯、いた）。

一〇七　**徳必ず孤ならず！**　正式には「徳は孤ならず　必ず隣《となり》あり」という『論語《ろんご》』にある言葉。立派《りっぱ》なことをしたら、孤立《こりつ》することはなく、必ず理解者が現れる。という意味です。情けは人の為ならず、と少し似てますね。

一〇九　**処女**　これはヴァージンの意ではなく、超訳すれば、「乙女」のことです。処女が乙女の意であることは、『わすれなぐさ』でも『屋根裏の二処女』でも説明したから、もう、詳しく教えてあげません。

一一〇　**ボール箱**　段ボール箱、のことです。

一一五　**ブルジョア**　お金持ち、の意。コスメのメーカーのブルジョアとは、関係ありません。

一三〇　**トラホーム**　伝染性の結膜炎《けつまくえん》のこと。別に結膜炎くらいなったって、いいじゃん。と思いますが、この時代は、衛生的ではない場所や人から感染《かんせん》するものだと思われていたようです。で、たかが結膜炎ですが、放置《ほうち》しておくと失明《しつめい》する恐い病気でも、この当時はありました。今は殆ど、罹《かか》る人はいませんけど。虎の家だと勘違いした人は、只《ただ》のおバカさんです。

一三一　**御歌**　御歌は、短歌のことだよ。皇太后陛下の短歌だから、丁寧に「御歌」としているのだよ。で、その歌の内容ですが、「スミレの花は傍《そば》に寄らねばその香りが解らぬ。そんな奥ゆかしさ、慎《つつ》ましさが人の心にもあればよいのになぁ」ということです。つまり、皇太后陛下は、香水を付け過ぎるのはダサいことですというお洒落マナーを、その歌に託された訳です。違うか? 違うな。ご免。あ、因《ちな》みにその御歌のイントロは正確には「うつぶして」ではなく、「うつふして」だそうです。

一三三　**貝原益軒**　江戸初期から中期に活躍した偉い人。福岡藩士《ふくおかはんし》ながら、優れた儒教家《じゅきょうか》であり、博物学者《はくぶつがくしゃ》。尚且《なおかつ》、庶民の教育指導にも力を入れた人格者です。

一三四　**書生**　学生、またはきちんとした職にはまだつかず、勉学に勤《いそ》しむことをメインに暮らしている人のこと。近代文学にはよく登場しますよね、書生さん。何か、ちょっとその響き、乙女心をくすぐりますわよね。嗚呼《ああ》、野ばらも書生さんになりたい。今度の確定申告《かくていしんこく》の職業欄には「書生」と書いてみようかな。間違いでは、ない筈《はず》だからね。

一四〇　**瀬川弓子**　優等生の瀬川さんは、最初、「瀬川ゆみ」という名で登場します。が、ここでは「瀬川弓子」です。実は瀬川ゆみと、瀬川弓子は同一人物と見せかけた二人の人間で、その混乱が後に物語の密室《みっしつ》殺人の謎《なぞ》を解き明かすキーワードとなるのです……というのは大嘘で、単に、信子が記《しる》し違《ちが》えてしまったのでしょうね。瀬川ゆみも瀬川弓子も、同じ人物です。

一四四　**A氏の皮肉な警句**　A氏とは赤塚不二夫《あかつかふじお》のことなのだ。ではない。賛成の反対。芥川龍之介《あくたがわりゅうのすけ》さんのことですね。そしてその皮肉な警句というのは『侏儒《しゅじゅ》の言葉』の中にある「貝原益軒」というタイトルの小文のことです。

一五〇　**おべっかする**　媚《こ》び、へつらうこと。ごますり、の方が、解りよい？

一五四　**セル**　セルの着物、の意。セルの着物は、丈夫な普段遣いのお召しもの。もっと詳しく知りたければ『屋根裏の二処女』の註釈、読んで下さい。

一五四　**カフェ**　喫茶店《きっさてん》を兼ねたバーのようなものだと思って下さい。

一六一　**紫矢絣**　矢絣《やかすり》というのは、絣の模様の一つで、その製法を述べると面倒なので見た目だけを伝えると、矢羽根《やばね》の柄の絣なの。矢羽根が解らん？　車に貼る初心者マークみたいな形のものさ。で、矢絣のお着物ってのは、江戸の頃、庶民に親しまれたのだけれど、明治くらいからは、女学生のお着物の定番になったのでした。その矢絣のお着物の色は紫なのでしょ。それに赤い帯を締めるのでしょ。とても、チープシックです。

一六二　**バット**　ゴールデンバットという煙草《たばこ》のことです。今でも売ってるよ。この時代の庶民の吸う代表的な煙草。今も昔も、安かったの。フランスなら、ゴロワースってところでしょ。余計《よけい》、解んない？　野球に使うバットだと思った人は、いませんかぁ？　煙草屋さんで職人が、野球用のバットを買いに来る訳はありませんよー。

一六八　**赤革**　何かね、この時代、悪趣味だけれど、男子の間で赤い靴を穿《は》いたり、赤いシャツを着るのが、お洒落だったみたい。後に、この若者は赤いネクタイを締めて登場しますが、それもお洒落の最先端だった訳です。とりあえず、男がそもそも女子の色である赤を纏《まと》うというのがお洒落だったようですね。お洒落というより、キザ、って感じ。でも、先に説明した赤帽さんが赤い帽子を被っているのは、お洒落とは無関係ですので、あしからず。で、何故《なにゆえ》にレインコートを持っているのか。この日は雨だったのか？　これもお洒落の一つで、晴れの日でも伊達《だて》で、レインコートを携帯《けいたい》しているのが、カッコいいとされていたのさ。変だけど、そういう時代だったんだからしょうがないじゃん。考えりゃ、皆、今、ジーンズを穿《は》きこなすのがお洒落だと思い込んでいるけど、それも、野ばらからいわせれば、変なんだぞ。ジーパンなんて、開拓民の作業着なんだよ。そんなものにビンテージだとか付加価値《ふかかち》を付けて悦《よろこ》んでるヤツの気が知れぬ。野ばらは絶対、ジーンズ、だから穿かないんだもんね。

一六八　**オーバーシューズ**　いわゆる、ゴムの長靴のことです。

一七一　**冠木門**　元は武家《ぶけ》の屋敷《やしき》の一般的な門でしたが、両端の門柱の上に横木を渡しただけの簡易な造り故《ゆえ》に、そのうちお金のある庶民の屋敷《やしき》の門にも取り入れられました。

一七五　**から世間知らず**　まるきり世間知らず、の意。

一七六　**ご宗旨**　宗教の流派など仏教的な意味合いもありますが、ここは単純に「主義」としてもいいでしょう。

一七九　**気がふれた**　頭、おかしくなった、狂人になった、の意です。

一八三　**打ちすて置くべきでは……**　知らぬ振りをしておく訳には、いきませんな。と、いうことです。

一八六　**マラリヤ**　伝染病の一つ。一定期間、激《はげ》しい高熱《こうねつ》に襲《おそ》われます。熱帯《ねったい》な気候の国で発生することが多く、蚊《か》にさされることによって罹《かか》る病気です。今ではマラリヤが発生する危険性のある国にいく時には予防《よぼう》接種《せっしゅ》を受けたりしますが、当時はそんなに医学が進歩していませんでしたから、戦前までこの病気はとても恐れられていました。実際、日本でもマラリヤが流行《はや》った時期があり、死亡するケースも多々、ありました。

一九一　**篤志家**　慈善家、親切で立派な志《こころざし》を持つ人、の意。『キャンディキャンディ』でいうところのウイリアムおじさまみたいな人。

二〇三　**小使爺や**　ここでは、用務員《ようむいん》さんのことを指します。

二四　**身代**　財産のこと。でも「この身代は譲《ゆず》れぬ」という場合は、「この店は譲れぬ、後継者《こうけいしゃ》には出来ぬ」ということになります。

二三一　**小生**　自分、私、の意。謙譲《けんじょう》して使う言葉。あ、でも男子しか使っちゃ駄目です。

二三一　**振りしばって**　振りしぼって、の間違い、誤植だとは思いますが、近代文学の作家は、よく造語を使うので、振りしぼってより、振りしばって――の方が、フィーリングとしてはいいじゃん、とわざと信子がこの言葉を使った可能性もあるので、定本のままの表記を敢《あ》えて遺《のこ》しました。

二三四　**みたま**　魂《たましい》、のことです。キリスト教的にいうなら「アニマ」ですね。何故、キリスト教な表現も記したかというとですね、特に意味はない。のですが、この物語、やけに仏教チックな単語が多く出てきて、実に日本的でドメスティックなのですが、信子の作品はこれも含め、キリスト教的精神が根底《こんてい》にあると思うのですよ。だから、敢《あ》えて最後の註釈なので、「アニマ」なんて余計《よけい》な註釈を入れちゃいました。

初出　「少女の友」（実業之日本社、昭和十三年一月～十四年三月号連載）

一、本書は『伴先生』（昭和十五年、実業之日本社刊）を底本とし、適宜初出誌、ポプラ社版（昭和二十六年刊）を参照した。「読者のみなさまに」はポプラ社版のものを収録した。

一、装幀・装画は底本のものを可能なかぎり再現するよう努めた。なお、判型はＢ六判から四六判に拡大し、本扉は新たに作成した。

一、本文は、新字・現代仮名づかいによる表記に改め、原文を損なわない範囲で一部の漢字を仮名に改めた。また、底本は総ルビだが、パラルビに改めた。

一、今日の人権意識に照らしあわせて不適当と思われる語句・表現については、時代的背景をかんがみ、また文学作品の原文を尊重する立場からそのままとした。

著者・監修者略歴

吉屋信子（よしや・のぶこ）
1896年（明治29年）新潟県生まれ。10代より雑誌投稿を始め、20歳の時不朽の名作『花物語』を「少女画報」に発表、〈女学生のバイブル〉といわれベストセラーとなる。以後少女小説から純文学まで幅広く執筆。昭和27年、『鬼火』で第4回日本女流文学者賞を受賞。昭和45年、紫綬褒章を受ける。昭和48年、鎌倉に病歿。著書に『花物語』『あの道この道』（国書刊行会）、『徳川の夫人たち』（朝日新聞社）、『暁の聖歌』（ゆまに書房）などがある。

嶽本野ばら（たけもと・のばら）
京都府生まれ。美術、音楽、演劇、雑貨店店長など様々なジャンルでの活動を経て、フリーペーパー『花形文化通信』の編集に携わり、執筆活動を開始。平成10年、初のエッセイ集『それいぬ　正しい乙女になるために』（国書刊行会／文春文庫＋PLUS）を刊行、〈乙女のカリスマ〉として支持を受ける。平成12年、『ミシン』（小学館）で作家デビュー。著書に『鱗姫』『ツインズ』『下妻物語』（小学館）、『エミリー』（集英社）、『パッチワーク』（扶桑社）などがある。

吉屋信子乙女小説コレクション　3

伴先生《ばんせんせい》

2003年4月25日　初版第一刷発行

著　者　吉屋信子《よしやのぶこ》

監修者　嶽本野《たけもとの》ばら

装　幀　中原淳一

中原蒼二

発行所　株式会社国書刊行会

東京都板橋区志村1-13-15

電　話　03(5970)7421

FAX. 03(5970)7427

http://www.kokusho.co.jp

発行者　佐藤今朝夫

印　刷　明和印刷株式会社

製　本　株式会社石毛製本所

ISBN4-336-04484-8

© Yukiko Yoshiya, Novara Takemoto

落丁本•乱丁本はお取り替えいたします。

乙女の夢、憧れ、そして誇りを謳いあげた小説家、吉屋信子。
彼女の珠玉少女小説を中原淳一の可憐な花々に包み、
今を生きる乙女たちに贈るコレクション。

没後三十周年記念出版

吉屋信子乙女小説コレクション 全3巻

監修・解説　嶽本野ばら
装幀・装画　中原淳一　　　各1900円

わすれなぐさ

妖しい魅力をふりまくお嬢さま・陽子と生真面目な優等生・一枝のあいだで揺れ動く夢多き女学生・牧子。軽快かつ流麗、コミカルながら切ない、満天下の少女の紅涙を絞った傑作。

屋根裏の二処女

寄宿舎を舞台に、章子と環という二人の〈処女〉が永遠の愛を追い求める孤独と苦悩の日々。……信子がわずか二十三歳で書き上げた重厚なる半自伝的小説。長らく幻の書として秘かに読み継がれてきた、清く美しい物語。

伴先生

夢と希望に満ち溢れた新任教師、伴三千代。おかしくも心優しき人々にかこまれながら、ひたむきに少女を愛す彼女がやがて出会う数奇な運命とは……玲瓏玉の如き詞藻もて綴る、乙女版『坊っちゃん』ともいうべき名作。

●吉屋信子の本　好評既刊　（税別価）
花物語　上・中・下　各1900円
あの道この道　2500円
源氏物語　上・中・下　各1900円